SANDER KOLLAARD wurde 1961 in Amstelveen geboren und lebt seit 2006 mit seiner Familie in einem ehemaligen Pfarrhaus in Schweden. Im Jahr 2015 veröffentlichte er seinen ersten Roman. Sein Roman »Ein Tag und ein ganzes Leben« wurde 2020 mit der wichtigsten Buch-Auszeichnung der Niederlande gewürdigt, dem Libris-Literaturpreis.

BETTINA BACH übersetzt seit 2002 aus dem Französischen und Niederländischen, zuletzt Marente de Moor, Astrid Roemer und Maryse Condé.

MEIKE BLATNIK übersetzt seit 2006 Literatur aus dem Niederländischen ins Deutsche, zuletzt Kathleen Vereecken.

Ein Tag aus dem Leben von Henk van Doorn, 56, geschieden, Krankenpfleger. Man könnte seinem Leben ein Armutszeugnis ausstellen, denkt Henk manchmal. Wäre da nicht sein Hund und treuester Begleiter Schurk. Ein Kooikerhondje, eine alte holländische Hunderasse, wie auf den Gemälden aus dem Goldenen Zeitalter. Als sich herausstellt, dass Schurk in absehbarer Zeit sterben wird, muss Henk sich entscheiden: Will er in Trauer versinken oder leben? Doch dann lernt er Mia kennen, die aussieht wie Patti Smith, nach Gewürzen duftet und auf einem Hausboot lebt … – Ein tröstlicher, ein warmherziger Roman über das gewöhnliche Glück, das das Leben lebenswert macht.

SANDER
KOLLAARD

# Ein Tag und ein ganzes Leben

Roman

Aus dem Niederländischen
von Bettina Bach und Meike Blatnik

kanon verlag

Für Jona & Floris

*Im Schweiße deines Angesichts*
*wirst du dein Brot essen,*
*bis du zurückkehrst zur Erde,*
*denn von ihr bist du genommen.*
*Denn Staub bist du, und*
*zum Staube wirst du zurückkehren!*

Genesis 3:19

Das Herz schlägt, denkt Henk beim Aufwachen, und das Blut fließt. Das ist bei näherer Betrachtung das Vernünftigste, was sich darüber sagen lässt.

Ein seltsamer Gedanke und ein ungewöhnlicher Start in den Tag und für sein erwachendes Bewusstsein, aber ein Start ist es: Alles Weitere folgt. Bei diesem ersten Gedanken drängen sich neue Koordinaten auf: der Ort, an dem er sich befindet (sein Schlafzimmer), die Uhrzeit (zwischen acht und neun) und das Wetter (sonnig). Aber ganz bei der Sache ist er nicht. Die neuen Koordinaten kommen angeschlurft wie verschlafene Teenies, die sich mürrisch, mit säuerlicher Miene, an den Frühstückstisch setzen, schmollend, weil ihnen schon wieder ein neuer Tag vorgesetzt wird. Mit etwas Abstand betrachtet Henk, noch immer träge und schwerfällig auf seiner Matratze, die neuen Koordinaten: dass heute Samstag ist; dass es Schurk, der wohl etwas Falsches gefressen hat, gestern Abend nicht gut ging; dass er später seine Nichte Rosa anrufen muss, weil sie Geburtstag hat. Die Informationsdichte wird größer und damit auch sein Bewusstsein für den Mann, der er ist. Henk van Doorn, Intensivpfleger, sechsundfünfzig Jahre alt.

Als er auf die Uhr sieht, merkt er, dass Informationen nicht immer zuverlässig sind. Es ist erst kurz nach sechs. Das wirft die Frage auf, ob er sich noch mal umdrehen und die Augen zumachen soll und so die mittlerweile gesammelten Informationen einem neuen Schlaf übergeben. Ein verlockender Gedanke, aber zu spät. Inzwischen ist eine kritische Masse erreicht, von allen Seiten stürmen neue Informationen auf ihn ein, nicht so verhalten wie diese Teenies, sondern wie die jungen Kühe, die er vor ein paar Tagen auf der Weide gesehen hat und die ihm und Schurk hinterm Zaun aufgeregt und übermütig gefolgt waren, bis er einen Schritt auf sie zu gegangen war, buh!, sie kollektiv einen Schritt zurückmachten und ihn danach aus ein paar Metern Abstand in einem Halbkreis feuchter Mäuler und verträumter Augen anstarrten – etwa so, wie die Koordinaten von dem noch immer im Bett liegenden Mann ihn jetzt anstarren.

Das Herz schlägt, hört er wieder, und das Blut fließt. Er stellt fest, dass der Gedanke ein Überbleibsel des Gesprächs ist, das er gestern Abend am Ende seiner Schicht mit einer neuen Kollegin geführt hat, einer jungen Frau, deren Namen er schon wieder vergessen hat. Sie hatten darüber gesprochen, was dem Herzen alles angedichtet wird: dass man in ihm Geheimnisse verbergen kann; dass es in die Hose rutschen, vor Liebe überfließen oder beängstigend kalt sein kann. Alles Blödsinn, hatte die Frau entschieden gesagt, in einem Ton, der sie ihm unsympathisch machte. Blödsinn. Das Herz ist eine Pumpe. Es schlägt, das Blut fließt, fertig.

Jetzt kommt er in Bewegung. Er dreht sich auf den Rücken und streckt sich. Sonnenlicht fällt herein und macht voll Überschwang deutlich, dass Sommer ist. Genau genommen Juli. Die Hundstage. Es ist schon seit Tagen schwülwarm; welk hängt das Grün an den Bäumen, die, erschlagen von der Hitze, still am Straßenrand stehen; Straßen und Geschäfte sind verlassen, die Leute machen Urlaub. Henk nicht, weil es niemanden gibt, mit dem er Urlaub machen könnte, und er will um keinen Preis mit einer Gruppe Singles in das »antike

Griechenland«, das »gastfreundliche Gambia« oder die »geheimnisvolle Antarktis« reisen, wie es ihm sein Bruder empfohlen hat. Dann lieber sterben. Herrgott noch mal, denkt er plötzlich aufgebracht, was ist das nur mit Freek? Warum meint er, ich hätte ein *Problem*? Und das Problem müsse *gelöst werden*? Ohne es zu merken, ballt er seine behaarten Fäuste auf der Bettdecke, und wie so oft verflucht er seinen kleinen Bruder: Freek ist ein ängstlicher Mann und kann nicht mit Abweichungen von der üblichen Ordnung umgehen. *Seiner* Ordnung. Aber Henk passt nicht in seine Ordnung. Henk ist geschieden: falsch. Henk ist Single: falsch. Henk fährt nicht in den Urlaub: falsch. Und die Liste ließe sich beliebig fortsetzen. Keine Kapitalanlagen: falsch. Kein Audi: falsch. Keine Eigentumswohnung: falsch. Nicht dreimal wöchentlich im Fitnessstudio: falsch. Seine Fäuste nehmen die Bewegung seines Herzens auf und pumpen seine Wut wie schwarzes Blut durch die Adern, und er wird vergiftet – seine Liebe zum Leben, seine Vitalität. Er ruft sich zur Ordnung. Wut tut ihm nicht gut. Sie macht ihn bitter und unattraktiv. Sie macht ihn älter. Es würde ihn nicht wundern, wenn er davon sogar zunimmt. Und das ist definitiv nicht seine Absicht.

Saskia: So heißt seine neue Kollegin. Sie ist zierlich, hat blond gefärbte Haare und einen durchdringenden Blick, und Henk weiß, wie sie ihn sieht: ein erschöpfter, zu dicker alter Mann, der nicht auf der Höhe der Zeit ist. Ein Dinosaurier. Die besten Jahre hinter sich. Umgekehrt weiß sie nicht, wie er sie sieht: ein Grünschnabel. Mehr Wissen als Erfahrung. Mehr Energie als Vernunft, etwa so wie die jungen Kühe. Ihr Gespräch gestern Abend war in der intimen, beschaulichen Atmosphäre entstanden, die manchmal am Ende einer Abendschicht wartet, vor allem, wenn niemand unter ihrer Aufsicht gestorben ist. Womöglich würden die armen Teufel dann in der nächsten Schicht sterben, oder in der übernächsten, aber fürs Erste lebten sie noch. Sie hatten ordentliche Arbeit geleistet. Sie saßen im Stationszimmer und tranken Kaffee und sprachen über das Herz. Ein erstaunliches Organ, hatte er gesagt, es stellt unsere tiefsten Gefühle dar. Blödsinn, hatte Saskia gesagt. Nichts als Gefühlsduselei.

Dann denkt er an Groucho Marx und muss lachen. *I intend to live forever or die trying.* Sein Lachen vertreibt die Gereiztheit. Er streckt sich noch einmal und richtet sich auf, ein langes, freies Wochenende liegt vor ihm. Nicht schlecht. Die Sonne fällt auf den verwitterten Holzboden und auf seine selbstgebauten Bücherregale aus Birkenholz. Hier wohnt er seit seiner Scheidung vor drei Jahren. Im Erdgeschoss des Hauses in der Nieuwstraat wohnt ein griesgrämiges älteres Ehepaar, er bewohnt die oberen zwei Stockwerke. Sein Schlafzimmer im zweiten Stock hat Aussicht auf die Nachbarhäuser und ein Sammelsurium kleiner Gärten, Schuppen und schmaler Straßen. Von zwei Seiten fällt Licht in den Raum, ohne dass jemand hereinschauen kann, und so kommt es ihm vor, als schwebte das Zimmer über der Stadt. Es ist seine Baumhütte, sein Ausguck. Er fühlt sich dort auf angenehme Weise gelöst. Dort ist er frei, erlöst von Aufmerksamkeit, weit weg von der Aufregung, die zwischenmenschlicher Umgang mit sich bringt. Sein Blick schweift zum Bücherregal, zu den

Büchern, die er in- und auswendig kennt und die ihm Stück für Stück etwas bedeuten. Da, der orangefarbene Rücken, das ganz dünne da, ein großartiges Buch. Er hat es im Jahr seiner Scheidung gelesen. Lydia konnte nichts damit anfangen, und vielleicht hat das den Ausschlag gegeben: Jemand, der dieses Buch nicht großartig findet – das geht gar nicht.

Er setzt sich zurecht, mit den Gedanken wieder woanders, weiter vorn, an der Spitze seines Lebens. Jetzt geht es schnell. Die Informationen kleben und klumpen zusammen und verleihen ihm allmählich ausreichend Substanz. Er kann aufstehen. Und er steht auf, angetrieben von Lebensfreude, lächelnd beim Gedanken an den freien Samstag, der wie ein Kind vor ihm her hüpft.

***

Henk ist ein bedächtiger Mann. An sich eine gute Eigenschaft, findet er und nimmt seine Unfähigkeit hin, schnell, wortgewandt oder schlagfertig zu reagieren. Aber manchmal stört es ihn doch, wie gestern Abend mit Saskia. Sie hatte geredet, er zugehört. Er versuchte ein paar Mal, zu differenzieren oder etwas einzuwenden, doch sie ging nicht darauf ein. Ihre Sturheit war es, die ihn gestört hatte. Er mag keine Menschen, die zu sehr auf etwas beharren, schon gar nicht, wenn sie jung sind – jungen Menschen stünde es gut an, wenn sie sich bewusst wären, dass sie eine beschränkte Perspektive haben.

Gut, sie war stur, aber hatte sie deswegen unrecht? Was hätte er gesagt, wenn ihm eine angemessene Erwiderung eingefallen wäre? So etwas wie: Natürlich ist das Herz eine Pumpe, Saskia, aber ist es nicht auch mehr, wie alle anderen Körperteile? Der Körper eignet sich einfach, um unsere Gedanken und Gefühle darzustellen: Wir führen andere an der Nase herum. Stärken jemandem den Rücken. Es juckt uns in den Fingern. Und wenn wir verliebt sind, weitet sich die Brust und wir sagen, dass uns das Herz überläuft. Körperliches mündet ganz von selbst in Sprache, auf nichts anderes habe ich hingewiesen. Ich frage mich: Was genau stört dich daran? Warum sollte der Körper nicht für Metaphern herhalten dürfen? Was meinst du mit *Gefühlsduselei*? Ich glaube, ehrlich gesagt, dass du das selbst nicht weißt. Keine Ahnung hast. Deine Sturheit und die vielen, vielen Wörter, die Wiederholungen und wie du meine Erwiderung ignorierst, sind kein Ausdruck von Überzeugung, sondern von jugendlicher Unbedarftheit. Du hast dich abreagiert, den Druck, den unsere Arbeit nun mal mit sich –

Ich bin achtundzwanzig. Das ist nicht gerade jugendlich.

Das ist nicht immer eine Frage des Alters. Aus meiner Sicht bist du jung, Saskia, weil du nicht nachdenkst. Du äußerst Gefühle, die du nicht wirklich verstehst, gibst ihnen die erstbeste Bedeutung, die dir in den Sinn kommt, und so wirst du sie los. Aber davon mal abgesehen –

Also hör mal!

– davon mal abgesehen, Saskia, das gebe ich zu, ist das ein interessanter Punkt. Das Herz pumpt, das Blut fließt. Wir sind nun mal *ein Ding.* Oder besser gesagt: ein biologisch animiertes Ding. Meiner Meinung nach ist das schlicht ein Sachverhalt, aber erstaunlich viele Menschen wehren sich dagegen. Bloß ein Ding! Wie kann man das nur behaupten! Wie kalt und freudlos! Diese Abwehr ergibt sich aus dem Gedanken, dass wir *mehr* sind als bloß ein Ding. Dass wir eine Seele haben, oder einen Geist, einen inneren Gott, etwas Edles oder Besonderes, das uns über die *schnöde Materie* erhebt. Da hallen die Jahrhunderte nach, als wir uns für etwas Besonderes gehalten haben, für die Krone der Schöpfung oder den logischen, strahlenden Endpunkt der Evolution. Aber heute wissen wir es besser. Nichts und niemand hat uns beabsichtigt, gewollt oder erdacht. Nichts macht uns notwendig. Anders als viele andere finde ich diese Erkenntnis herrlich. Befreiend. Wir können tun und lassen, was wir wollen, und sind demzufolge wirklich frei, sind nicht an einen Heilsplan oder eine Bestimmung gebunden. Du hast also recht, Saskia, wir sind ein Ding –

Meine Worte!

Deine Worte, und ich stimme dir zu. Wir sind *aus Staub und Zeit gemacht*, wie Borges schreibt. Weißt du, wer Borges war? Vermutlich nicht. Staub und Zeit. Ich bin etwas, was schon seit Abermillionen Jahren existiert und was zu meinem großen Glück 1961 diese konkrete Gestalt angenommen hat. Mit meinem Tod wird es sie wieder verlieren. Keine schönen Aussichten, finde ich – trotz aller offensichtlichen Mängel hänge ich an meiner Gestalt –, aber vielleicht wird sich ja dieses oder jenes Teilchen von dem Ding, das jetzt meinen Namen trägt, irgendwann in anderen Gestalten wiederfinden, als Katze zum Beispiel, oder als Wolke, als Roman oder als Kuss. Ist das schnöde?

Ist das kalt oder herzlos? Im Gegenteil, es liegt geradezu *Grandeur* darin. Grandeur: Dahinter verbirgt sich eine mächtige und mitreißende Geschichte, die –

Aber gut, Henk hat eben keine angemessene Erwiderung parat gehabt. Er ist ein bedächtiger Mann. Er denkt lieber nach, bevor er spricht, und zahlt manchmal einen Preis dafür. Gestern Abend auf dem Nachhauseweg hat er das Gespräch mit Saskia von Neuem geführt, aber Saskia war nicht mehr da. Niemand war da, und obwohl er sich der Reprise mit einigem Vergnügen widmete, drängte sich die Einsamkeit dieses Gedankenspiels nachdrücklich auf. Er fuhr über die A9 und nahm die Ausfahrt Driemond und folgte dem Kanal und bog dann links ab, rechts ab, nach Weesp hinein, geradeaus über das Kopfsteinpflaster dem Rathaus entgegen, das sich massig vor dem Sommernachthimmel abhob, dann rechts auf die Gracht.

Kurz und gut, er war allein.

***

Dem Hund geht es nicht gut. Schurk folgt ihm, wie immer, aber ganz bei der Sache ist er nicht. Ab und zu bleibt er stehen, hechelnd, lustlos hängt ihm die Zunge einigermaßen vorwurfsvoll aus dem Maul.

»Komm schon, mein Junge!«

Er versucht, einen munteren Ton anzuschlagen, hört aber seine eigene Besorgtheit. Schurk geht es nicht gut. Er erkennt den Hund nicht wieder. Nicht wirklich. Er ist wie ein Fremder für ihn. Umgekehrt hat er den Eindruck, dass auch er für Schurk zu einem Fremden geworden ist. Weg ist die Selbstverständlichkeit, mit der der Hund normalerweise auf ihn reagiert und ihn ansieht und offenbar immer weiß, wo er ist und was er will. Die gegenseitige Entfremdung verrät, was wirklich los ist: Schurk ist krank. Er ist nicht alt oder müde, es liegt nicht an der Hitze, er hat nichts Falsches gefressen, nein, er ist krank. Das geht mit Krankheit einher: Sie vertreibt uns aus der Normalität und macht uns zu Fremden. Die Selbstverständlichkeit dessen, wer und was wir sind, wird zerstört. Die Intimität wird beschädigt. Und so stehen sie sich an einem Abgrund gegenüber und sehen sich an, Henk mit einem Gefühl lähmender Angst und Schurk mit, tja, woher soll Henk das wissen?

Aber er gibt nicht auf. Der Hund darf den Mut nicht verlieren. Er muss ihm helfen, in die vertraute Welt zurückzukehren. Er muss an seiner Rolle festhalten, damit Schurk ihn erkennt. Er ist der Bestimmer. Er ist der Mann mit dem entschlossenen Schritt, der mit der abgemachten Leine schwingt. Der Mann, dem immer etwas einfällt, zum Beispiel das: »Na komm!«

Er joggt los, immer an der Vecht entlang. Schurk liebt es zu rennen, das weiß er. Rennen ist aufregend. Rennen heißt, ein Bösewicht muss gefasst werden oder ein Ball geholt oder Beute apportiert, also rennt der Hund gern hinter ihm her, bellend, aufgeregt, voller Leben.

Es ist viel zu heiß, um sich ernsthaft ins Zeug zu legen, merkt Henk bereits nach wenigen Metern, aber Schurk braucht das Gewohnte, es gibt kein Zurück, also trabt Henk tapfer weiter. Er hat Joggingsachen an. Er trägt eine Sporthose und ein altes, verwaschenes T-Shirt, das er irgendwann bei einer Tombola des Betriebsrats gewonnen hat. *Mit dem BR ganz vorn!* Seine Laufschuhe sind schon seit über einem Jahr so gut wie neu und verraten einiges über seine Disziplinlosigkeit. Gelegentlich führt seine stetige Gewichtszunahme zu dem frommen Wunsch, regelmäßig joggen zu gehen (und überhaupt weniger zu essen und definitiv die Finger von Käsewürfeln zu lassen und unbedingt alkoholfreie Tage einzulegen und auf gar keinen Fall Zucker in den Kaffee zu tun), aber jedes Mal gibt er nach drei, vier Anläufen wieder auf. Das Leben ist zu kurz, redet er sich ein, man muss es genießen. Und wenn du nicht joggen gehst, wird es noch ein bisschen kürzer, redet ihm Freek dann ein, in der Wirklichkeit oder in Gedanken.

Er rennt. Er schwitzt. Er wartet auf das leise Ticken der Hundepfoten auf dem Asphalt, auf Bellen, aber nichts passiert, und als er sich umdreht, sieht er, dass Schurk ihm nicht gefolgt ist. Der Hund liegt im Gras am Straßenrand. Henk bleibt stehen, geht zurück und kniet sich neben Schurk, findet keinen Halt in dessen Blick. Was ist nur los? Er streicht ihm über den Kopf und nimmt ein seidenweiches Ohr zwischen Daumen und Zeigefinger, wie er das gern tut.

»Ach, mein Junge …«

»Er hat bestimmt Durst«, hört er plötzlich eine Frauenstimme.

Henk zuckt zusammen. Als er sich umdreht, wird ihm bewusst, dass er seine Umgebung kaum wahrgenommen hat, so sehr war er mit Schurk beschäftigt. Eine Frau steht neben einem hüfthohen schmiedeeisernen Tor, hinter dem ein mit Waschbetonplatten gepflastertes Grundstück liegt, das zu einem Hausboot gehört. Unordentlich sieht es da aus. Ein Stapel Abrissplanken liegt herum, so alt und verschlissen, dass sie ganz grau sind. In einer Ansammlung von Blumentöpfen, Konservendosen und Kochtöpfen stehen Pflanzen in unterschiedlichen Stadien pflanzlichen Wohlergehens – von üppig blühend bis völlig verdorrt. Der Weg ist von einem abgewrackten alten Mofa verstellt, drumherum liegen Ersatzteile und Werkzeug. Auch die Frau ist nicht mehr die Jüngste. Früher muss sie schön gewesen sein, schätzt Henk, aber das ist schon eine Weile her. Mit Frauen gehen die Jahre härter ins Gericht als mit Männern. Nein, korrigiert er sich, nicht die Jahre, sondern die Männer gehen mit Frauen härter ins Gericht als mit sich selbst. Henk betrachtet sich als Feministen und freut sich deshalb über die gedankliche Korrektur, aber eine ärgerliche Konsequenz seiner Haltung ist, dass jeder Gedanke über Frauen ihn verunsichert – er ist schließlich ein Mann. Genau das passiert jetzt. Plötzlich überspülen ihn Gedanken über das Unrecht, das Männer Frauen antun, und er versäumt es zu reagieren. Das macht aber nichts. Die Frau hat nur Augen für den Hund.

»Oje«, sagt sie, »der Arme.«

Schurk hockt auf den Hinterbeinen, die Vorderläufe hat er lang nach vorn gestreckt. Er hechelt. Seine Zunge sieht blass aus, wie ein alter Spüllappen. Die Frau dreht sich um und kommt kurze Zeit später mit einer Wasserschale zurück, die sie dem Hund hinstellt. Schurk reagiert nicht. Er schaut zu Henk. Henk schiebt die Schale etwas näher zu ihm.

»Da, für dich.«

Jetzt trinkt der Hund ein paar Schlucke, erst nur pflichtbewusst, dann energischer. Er richtet sich sogar auf. Von einem Moment zum nächsten fegt sein Schwanz begeistert durch die heiße Juliluft.

»Gut so, mein Junge, gut so.«

Die Frau kniet sich jetzt auch hin, und plötzlich sitzt Henk mit einer fremden Frau am Ufer der Vecht. Wie unangenehm. Sie ist ihm zu nah – er spürt ihre Wärme, riecht ihren Körpergeruch – am liebsten würde er aufstehen, die Anspannung abschütteln. Tut er aber nicht, sie könnte es für unhöflich halten. Zuerst sollte eine gewisse Kontaktaufnahme stattgefunden haben. Er streicht dem trinkenden Hund über den Kopf.

»Das hat er anscheinend gebraucht, vielen Dank.«

»Es ist aber auch wirklich höllisch warm heute.«

»Es soll der wärmste Juli sein seit 1897.«

»Ja, Klimawandel und so.«

Jetzt ist es okay, wenn er aufsteht. Schurk schlabbert immer weiter. Lag es wirklich nur daran, dass er ihm zu wenig zu trinken gegeben hat? Wie gerne würde er das glauben, aber die Sorge lässt sich nicht ganz beiseiteschieben. Trotzdem atmet er auf. Das Wasser der Vecht riecht leicht faulig, aber nicht unangenehm. Weiter weg flimmert die Luft über der Straße von der Hitze, die im Lauf des Tages alles lahmlegen wird. Es wäre vielleicht vernünftig, wenn er –

Moment mal! Er findet die Frau *anziehend.* Er ist nicht aufgestanden, weil sie ihm zu nahegekommen ist, sondern, weil sie ihn *erregt.* Darüber wundert er sich. Es ist schon ewig her, dass er so unmittelbar auf eine Frau reagiert hat, und offenbar erkennt er die eigene Erregtheit nicht mehr – das Ziehen in den Hoden, den Penis, der sich ähnlich ungeduldig bemerkbar macht wie Schurk manchmal. Henk schaut auf ihren Scheitel hinunter, der sich dunkel vom helleren Grau abhebt. Der Kragen ihres blauen Kleides fällt hinten am Nacken auf und gibt den Blick auf ihren Rücken frei. Er registriert, dass sie keinen BH trägt, und spürt, wie die Ungeduld seines Penis immer drängender wird – zu dem Drang wird, sich im Gras an die Frau zu drücken, zum Beispiel, sie auszuziehen, und sie, tja, nein, das geht natürlich nicht. Erschreckt tritt er einen Schritt zurück, auf die Straße. Im nächsten Augenblick rast ein Rennradfahrer dicht an ihm vorbei. Henk spürt den heißen Luftzug und nimmt einen süßlichen Geruch wahr, Körperöl vielleicht, dann hört er das Surren von Reifen auf Asphalt. Der Beinahe-Zusammenstoß hat den Radfahrer aus dem Gleichgewicht gebracht. Der Mann, der Henk zu spät gesehen hat, reißt den Lenker zur Mitte der Straße herum, verliert das Gleichgewicht, schlingert, fängt sich aber wundersamerweise wieder und setzt seinen Weg unversehrt fort. Trotzdem ist er wütend. Er dreht sich um und zeigt Henk den Mittelfinger. Henk verschlägt es kurz die Sprache, denn es war absolut keine böse Absicht von ihm, höchstens ungeschickt, außerdem ist nichts passiert, was regt sich der Kerl also auf, was für eine bescheuerte Reaktion, was für ein Arschloch, und richtig, jetzt hebt auch er die Hand, mit gestrecktem Mittelfinger, in einem typisch männlichen Reflex, eingeflößt vom Gift seines Testosterons.

***

Die Wohnung liegt seltsam ruhig und verlassen da. Nach all der Helligkeit draußen wirkt sie geradezu düster. Henk fühlt sich unwohl, fast wie ein Einbrecher, und das mag der Grund für sein ungewöhnliches Verhalten sein. Er reißt den Kühlschrank mit einem Ruck auf. Zerrt so kraftvoll an der Buttermilchpackung, dass der Karton reißt, trinkt und knallt das leere Glas zurück auf die Anrichte. Als er wieder Luft holt, drängt sich ihm eine Erinnerung auf. Ihm ist nicht danach, aber ihm bleibt keine Wahl, also Augen zu und durch. Vor ungefähr fünf Jahren kam er auf dieselbe Weise nach Hause, nicht hier natürlich, sondern in Amsterdam, an einem ähnlich warmen Tag. Zu einer ungewöhnlichen Uhrzeit: Er war zur Arbeit gegangen, hatte sich krank gefühlt und war wieder nach Hause zurück. Die Wohnung in der Rivierenbuurt lag genauso ruhig und verlassen und düster da wie seine Wohnung heute, doch dann hatte er gemerkt, dass er nicht allein war. Von oben kam Gekeuche und Gestöhne. Er erkannte Lydia, nicht aber den Mann, mit dem Lydia ganz offensichtlich gerade Sex hatte. Während er die Treppe hochging, fragte er sich, wen er da auf frischer Tat ertappen würde. Einen Nachbarn, wie sich herausstellte. Arie. Arie war klein und stämmig. Arbeitete bei der Gemeinde. Henk hielt ihn für ein selbstgerechtes Arschloch. Aries Hintern war, wie er unschwer erkennen konnte, schneeweiß und merkwürdig unbehaart, vor allem im Vergleich zu dem übermäßig behaarten Rücken und den Oberschenkeln. Es kam wenig Muskelmasse zum Einsatz, denn sie rammelten – sofern Rammeln das treffende Wort war – ohne große Überzeugung. Dennoch sorgte Lydia für die notwendige Geräuschkulisse. Sie stöhnte und schnaufte und zog die Beine so weit wie möglich an, während sich ihr Becken unter dem weißen Hintern drehte und wand. Perplex hatte Henk den Dingen ihren Lauf gelassen und unten am Küchentisch gewartet, bis sie fertig waren. Erträglich wurde die Erinnerung nur durch all das, was sich auf Aries Gesicht abspielte, als er auf dem Weg nach unten, noch mit dem richtigen Sitz seiner Klamotten beschäftigt, Henk am Küchentisch entdeckte. Aries Gesicht spiegelte die unterschiedlichsten Gefühle: Ein Triumphgefühl, das Männer wie Arie nach außerehelichem Sex haben; das unangenehme Bewusstsein, erwischt worden zu sein; ein schnelles Abschätzen möglicher Komplikationen (handgreifliche Auseinandersetzung mit Henk, Ärger zu Hause); Gereiztheit, weil er in diese Situation geraten war, und so weiter. Henk fällt es immer noch schwer, den daraus resultierenden Ausdruck genau zu beschreiben. Bei *verwirrt* fehlt die nötige Spur Scham. *Unbehaglich? Sprachlos? Unbeholfen* vielleicht noch am ehesten. Wie auch immer, wenige Augenblicke später tauchte Lydia auf, und ihr Ausdruck war einfacher zu lesen: Sie war entrüstet.

»Was machst du denn hier?«

»Mir gehts nicht gut. Ich fühle mich krank.«

»Am helllichten Tag?«

»Ja.«

»Hättest du nicht vorher anrufen können?«

Na ja, ganz so verlief das Gespräch nicht, aber doch so ähnlich. Es war seine Schuld, dass sie in einer derart unangenehmen Situation war. Trotzdem war ihre Ehe in diesem Moment noch keineswegs verloren gewesen. Ehebruch ist Ehebruch, dumm, dreist, aber irgendwie verständlich, denn wir sind bloß Dinge, alles in allem also kein Grund für eine Ehe zu scheitern. Henk war auch nicht immer treu gewesen. Er vermutete, dass Lydia das wusste, aber dachte wie er und ihm im Stillen verzieh, und darum tat er das seinerseits auch. Heute, im Nachhinein, wird ihm allerdings klar, was eigentlich passiert war. Er hatte ihr nie verziehen. Seht doch: Er ist noch immer wütend. Und so hatte er sich völlig kindisch verhalten: Er hatte sich von der Idee verführen lassen, dass er großmütig war, ein Mann, der verzeihen konnte, aber –

An dieser Stelle unterbricht er sich. Was passiert ist, ist passiert, denkt er bestimmt. So bestimmt, dass er den Gedanken laut ausspricht: »Was passiert ist, ist passiert, aber jetzt ist es Zeit zu duschen.«

Auf dem Weg ins Bad kniet er sich zu Schurk hinunter, der in seinem Körbchen liegt, ruhig, etwas schlapp vielleicht, aber keineswegs so, als wäre er in Not. Der Hund sieht ihn an. Henk erkennt die teichtiefen dunklen Hundeaugen, das komische Hochziehen der Augenbraue, das Seufzen, mit dem er den Kopf auf den Rand des Körbchens legt, nachdem er an seiner Hand geschnuppert hat. Dieses Wiedererkennen beruhigt ihn – es macht die Entfremdung vom frühen Morgen zumindest teilweise wett.

Nach dem Duschen ruft er Rosa an. Als es klingelt, fällt sein Blick auf die Küchenuhr. Es ist kurz vor acht, also viel zu früh für Rosa, aber jemand geht ran. Sein Bruder Freek.

»Na, das nenn ich früh, ist jemand gestorben?«

Aber da ist niemand mehr, der sterben und Henk dazu bringen könnte, Freek anzurufen. Das letzte Mal, als er Freek aus diesem Grund angerufen hatte, war Jan gestorben, ihr großer Bruder – das ist auch schon wieder achtzehn Jahre her.

»Wieso gehst du an Rosas Handy?«

»Das liegt hier auf dem Tisch. Keine Ahnung, wieso. Ich habe gesehen, dass du es bist. Weißt du übrigens, unter welchem Namen sie dich gespeichert hat? Henk der Bekloppte.«

»Bei mir steht sie unter Verrückte Rosa. Ein Running Gag. Das ist ein Insider.«

Letzteres fügt er nach einigem Zögern hinzu und nimmt damit in Kauf, dass Freek sich ausgegrenzt fühlt.

Freek begreift sich als modernen, offenen und verständnisvollen Vater. Er hat eine großartige Beziehung zu seinen Kindern, die nichts vor ihm verheimlichen, aber jetzt auf einmal könnte ihm bewusst werden, dass dem nicht so ist. Henk wartet Freeks Reaktion gar nicht erst ab.

»Herzlichen Glückwunsch zum Geburtstag deiner Tochter.«

»Vielen Dank.«

»Siebzehn ist sie jetzt schon.«

»Ja, siebzehn.«

Freeks Stimme klingt matt. Was ist los mit ihm? Normalerweise reißt er jedes Gespräch sofort an sich. Das ist er so gewohnt. Er leitet eine Maschinenfabrik. Er sitzt den ganzen Tag in Konferenzen und gibt Anweisungen. Tun Sie dies, tun Sie das.

Freek liefert ihm selbst die Erklärung. »Das Foto von dir auf Rosas Handy …«, sagt er. Jetzt klingt er nicht mehr matt, sondern zögerlich. »War das nicht auf Jans Beerdigung?«

Das weiß Henk natürlich nicht, aber es berührt ihn, dass Freek auf Jan zu sprechen kommt. Der Tod ihres großen Bruders ist eines der wenigen Dinge, die sie noch miteinander verbinden. In den Wochen und Monaten nach der Beerdigung hatten sie sich regelmäßig getroffen, immer zu zweit, immer außer Haus, in einer Kneipe oder einem Restaurant, weil andere nur gestört hätten: Jans Tod ging niemanden etwas an, nur sie beide. Die verbliebenen Brüder. Sie redeten meistens über Gott und die Welt. Wenn Jan zur Sprache kam, dann immer beiläufig. Weißt du noch, als er … Erinnerst du dich daran, dass … Doch allmählich weichte ihr Kontakt auf und damit auch ihre Verbindung, sie wurde zu dem, was sie heute ist. Aber in Augenblicken wie diesen spürt Henk wieder etwas von der Wärme, die er zu jener Zeit für seinen selbstbewussten, rechthaberischen, arroganten Bruder empfunden hatte. Er stellt sich vor, wie Freek das Foto betrachtet, nicht mit dem üblichen stechenden Blick, nicht mit dem harten Zug um den Mund, sondern weicher und zugänglicher. Er will etwas Nettes sagen, aber Freek kommt ihm zuvor.

»Du hast in den letzten Jahren ganz schön zugelegt.«

Henk schließt die Augen und streicht sich mit der Hand über den Kopf. Eine liebevolle Geste, er macht sie öfter. Er mag seinen Schädel, der rund und gleichmäßig geformt ist und sich unter seiner Hand immer warm anfühlt, selbst im Winter – ein Zeichen reger Hirntätigkeit, wie er gerne witzelt. Die Geste vermag mit ihren kleinen Variationen vieles auszudrücken: Überraschung, Verlegenheit, Wohlbefinden. Diesmal ist es Gereiztheit, was sich am schneller werdenden Streichen zeigt, von vorne nach hinten mit den Fingerkuppen über den Schädel.

»Wie auch immer«, sagt Freek, »was macht das Leben sonst so?«

Und so findet ihr Telefongespräch in vertraute Bahnen zurück. Sie plaudern ein paar Minuten über dies und das. Die Hitze, Henks neues (gebrauchtes) Auto, Freeks bevorstehenden Urlaub (schöner *gîte* in der Provence). Freek fragt nach Schurk und Henk berichtet, dass der Hund alt wird, worauf Freek erwidert: »Tja, irgendwann ist es soweit, er ist doch auch schon – Wie alt ist er nochmal?«

»Fast vierzehn.«

»Das meine ich, dann ist es wohl soweit. Und wie gehts auf Arbeit? Wie viele Tote in letzter Zeit?«

Auf Arbeit. Nie: auf *deiner* Arbeit. Und immer derselbe Scherz. Nun ja, Scherz, Henk vermutet bei Freek eine tiefsitzende Angst vor dem Tod: Der spöttische Unterton verrät sein Bemühen, souverän zu wirken. Freek ist ein hervorragendes Beispiel für die Sorte Mensch, die er gestern der imaginären Saskia vor Augen gehalten hat, jemand, der sich schwer tut mit der Vorstellung, *bloß ein Ding* zu sein, von dem schlussendlich nichts Wiedererkennbares übrigbleibt. Nun, da Freek selbst das Thema zur Sprache gebracht hat, könnte Henk ihn ein wenig ärgern. Er könnte Statistiken anführen. Von Inzidenzen und Prävalenzen sprechen. Die Anekdote eines Vorfalls auf der Intensivstation erzählen. So etwas sagen wie: Ach, nach dem Tod gibt es dich nicht mehr, peng!, weg bist du. Aus Erfahrung weiß er, dass das Freek nervös machen, ihn in die altbekannte Position drängen würde: Niemand könne etwas Sinnvolles über das Leben nach dem Tod sagen. Niemand wisse etwas darüber. Richtig, würde Henk antworten, niemand weiß etwas darüber, eben weil es nach dem Tod nichts und niemanden mehr gibt, der noch etwas wissen kann. Ha! Doch nach diesem

Gedankenspiel verwirft er die Idee, ihn zu ärgern: Trotz der Bemerkung über sein Gewicht ist er seinem kleinen Bruder gegenüber nach wie vor mild gestimmt. Er wählt daher die übliche Fortsetzung: Sein Bruder hat einen Standardwitz gemacht, also gibt er ihm eine Standardantwort.

»Exakt 2,3 pro Woche.«

»Glückwunsch«, antwortet Freek heiter. Die Heiterkeit ist nicht nur Teil ihres kleinen Rituals, sondern auch sein Ergebnis. Und wird gekrönt von einem kurzen, trockenen Auflachen, das sofort wieder erstirbt. Danach fängt Freek von der Firma an. Noch so etwas: *die Firma.* Nie die Fabrik oder meine Arbeit oder zur Not die Arbeit, nein, die Firma. Die Firma steht über jedem individuellen Interesse. Die Firma ist mehr als ein Ding. Freek hatte Henk einmal in dem hässlichen Gebäude im Westen der Stadt herumgeführt, in der großen Halle mit den rasenden und stampfenden Maschinen, bedient von ruhigen Menschen mit leuchtend gelben Ohrschützern und in beigen Overalls mit Firmenlogo. Henk hört den Geschicken der Fabrik (neue Maschinenpresse, Geschäftsreise nach China) nur mit halbem Ohr zu, als Freek plötzlich das Thema wechselt.

»Hör mal, ich habe eine großartige Idee. Wir grillen heute Abend. Zu Rosas Geburtstag. In kleiner Runde. Ein paar Freunde, Nachbarn, ein paar Mitschüler. Du auch. Kannst ihr dann persönlich gratulieren! Gegen fünf.«

Das Stakkato war ein Zeichen von Unsicherheit. Freek, davon ist Henk überzeugt, hat sich in einem Moment von aufflammender Bruderliebe oder von der Gelegenheit zur großen Geste mitreißen lassen, was er aber, dem Stakkato nach zu urteilen, schon wieder bereut. Henk weiß auch, warum: Freek fürchtet, dass Henk nicht so gut dazupasst. Und damit hat er vermutlich nicht mal unrecht. Die Wahrscheinlichkeit, dass er dort den schrägen Vogel spielt, ist groß. Henk erinnert sich vage an einen Piloten im Ruhestand und seine dritte Frau, eine Handvoll Kollegen und eine Töpferin, mit der Freek und seine Frau aus unerfindlichen Gründen eng befreundet sind. Unter den Mitschülern stellt Henk sich gutaussehende junge Menschen vor, die von nichts eine Ahnung haben, ohne es auch nur zu merken, und die es für selbstverständlich halten, dass ihnen alles in den Schoß fällt. Henk sieht also keinen Grund, die Einladung anzunehmen. Aber das macht nichts. Freek bereut sie bereits und wird ihm sicherlich Gelegenheit geben, die Einladung auszuschlagen.

»Heute Abend? Da hatte ich eigentlich schon was vor …«

»Dann hast du jetzt was Besseres vor.«

»Ja. Nein, ich meine, ich lasse Schurk lieber nicht allein.«

»Ach, komm schon, so schlimm ist es doch nicht? Komm Rosa zuliebe. Das würde ihr viel bedeuten, ganz sicher.«

Henk fährt sich wieder über den Kopf. Freek durchschaut nicht nur, dass er nicht kommen will, sondern auch, dass er bei einer Absage mit Unterstützung rechnet. Doch die wird ihm vorenthalten, schlicht und einfach, weil Freek seinen großen Bruder gern zappeln sieht.

Die Frage ist: Wird er ihn schlussendlich vom Haken lassen oder nicht?

»Ich habe nicht mal ein Geschenk.«

»Na komm, du hast doch noch den ganzen Tag Zeit. Jetzt sag einfach, du kommst, dann können wir auflegen.«

Er sagt zu. Sie legen auf. Vermutlich halten die zwei Brüder auf beiden Seiten der Leitung noch einen Augenblick inne, fragen sich reglos, still, in Gedanken versunken, was genau passiert ist, was genau gesagt wurde und was gemeint war, denn wie immer hat sich im Lauf des Gesprächs ein Abgrund aufgetan, eine Kluft aus Unverständnis und Entfremdung, gespeist aus Reflexen, an deren Ursprung sie sich nicht erinnern oder den sie nie gekannt haben, gespeist aus einem Misstrauen, das über die Jahre gewachsen ist und dann zu etwas verknöchert, was immun ist gegen jede Form von Veränderung. Na ja, fast jede. Denn es ist auch denkbar, dass in diesem kurzen Augenblick regloser Stille nicht Gereiztheit die Oberhand gewinnt, auch nicht Abscheu oder gar Hass, sondern eine vage Traurigkeit, ein unbestimmtes Bedauern, möglicherweise Selbstvorwürfe. Warum haben sie es so weit kommen lassen? War es unvermeidlich? Das kommt jedenfalls bei Henk hoch, Traurigkeit, Bedauern und ein undefinierbares Schuldgefühl, durch das er wesentlich länger als nur einen Augenblick reglos und in Gedanken versunken sitzen bleibt und erst nach einigen Minuten in Bewegung kommt, langsam und vorsichtig wie ein Genesender, der erste Schritte macht.

***

Die Kleinstadt ist schon um kurz nach neun wie betäubt von der Sonne. Das Licht flirrt und funkelt. Kein Mensch in Sicht. Gut möglich, denkt Henk, dass sich gerade eine große Katastrophe ereignet hat, die sich hier noch nicht bemerkbar macht, es aber jeden Moment tun könnte: Jeden Moment kann die Kleinstadt ausgelöscht werden, beispielsweise von der Stoßwelle einer Atomexplosion. Die Häuser würden verdunsten. Er würde verdunsten. Der schlafende Schurk, zu Hause in seinem Korb, würde verdunsten. Während er auf die Schattenseite der Straße wechselt, fragt er sich, wie groß das Ausmaß der Katastrophe eigentlich wäre. Eins würde aufs Andere folgen. Es könnte schon sein, dass es das Ende der Zivilisation wäre. Pflanzen und Tiere würden zum Großteil verschwinden, aber nicht alle, weil hier und da in irgendwelchen Ecken und Ritzen namenloses Leben erhalten bliebe, unausrottbar dank der in Milliarden Jahren natürlicher Auslese erworbenen Widerstandskraft. Die Erde würde sich weiterdrehen und weiterkreiseln, unbeeindruckt von der Zeit, also fürchtet sie sich nicht vor einer Katastrophe: Sie würde sich erholen, nicht, indem sie wieder die alte wurde, sondern indem sie eine andere Gestalt annahm. Aus dem verbliebenen Leben entstünden neue Arten, *most beautiful and most wonderful,* und mit etwas Glück gäbe es auch wieder Vorstellungsvermögen und damit Kunst, Wissenschaft und die Dokumentarfilme von National Geographic, für die er ein Faible hat. Wenn Jahrtausende Sekunden gleichkommen, macht Geduld jedenfalls alles möglich. Alles fließt, denkt Henk beim Betreten der kühlen Käsehandlung, und alles ist in allem. Es gibt also keinen unmittelbaren Anlass zur Sorge.

Im Geschäft ist mehr los als auf der Straße. Drei Frauen stehen vor der Auslage. In der Auslage lockt, wie immer, ein herrlicher Überfluss. Davon fühlt Henk sich bestärkt. Die wollüstige Darbietung impliziert nicht nur tiefen und gleichsam endlosen Genuss, sondern gibt ihm auch ein Gefühl von Sicherheit. Was für ein Reichtum, was für ein solider Wohlstand! Er lässt den Blick über den Käse schweifen und seufzt tief.

»Wie kann ich Ihnen helfen?«

Der Käsehändler hat ein rundes Gesicht und, passenderweise, milchweiße Haut, dazu einen Ausdruck großer Sattheit und unverwüstlich gute Laune. Bei der Frage hebt er das Kinn ein winziges Stück in die Luft, doch die Bewegung ist subtil und löst in Henk keinesfalls das Gefühl aus, zu etwas genötigt zu werden – höchstens zu etwas ermuntert. Ermunterung braucht Henk jedoch keine. Er bestellt ein Stück jungen Käse. Danach bestellt er ein Stück Parmesan, eine Ecke Rochebaron und noch ein Stück Cantal. Letzteres war ein Versehen, aber die Bestellung reihte sich nahtlos an die vorangegangene, ohne dass Henk bewusst darüber nachgedacht hätte.

»Darf es noch etwas sein?«

Er bittet um ein Schälchen Käse-Dip.

»Nicht zu viel«, fügt er erschrocken hinzu, aber das muss der Mann überhört haben und hält ihm ein randvolles Schälchen hin.

»So?«

Henk nickt. Er schämt sich. Spontankäufe verraten seine Disziplinlosigkeit. Sie zeigen, was er in Wirklichkeit ist: ein furchtbarer Fresssack. Freek hat recht. Er hat in den letzten Jahren zugenommen, nicht viel, jedes Jahr ein Pfund vielleicht, aber eben doch genug, um ein aufgedunsenes Gesicht zu haben, einen beachtlichen Bauch und fleischige Brüste, die bei jedem Schritt wabbeln, wenn er die Treppe zügig hochgeht, und die Freek boshaft als *Männertitten* bezeichnet. Übergewicht ist für Henk weder ein gesundheitliches Problem noch eine ästhetische Frage (obwohl er seit geraumer Zeit den Blick in den Spiegel meidet: Eitelkeit ist ihm nicht fremd), sondern in erster Linie eine moralische Angelegenheit. Es ist eine Charakterschwäche; ein Mangel an Standhaftigkeit; ein schändlicher Verrat an dem, wer und was er sein möchte. Deshalb empfindet er nicht so sehr Ärger oder Besorgnis als vielmehr Scham. Und die bestimmt jetzt, in der Käsehandlung, nach dem Debakel mit dem Käse-Dip, sein Verhalten.

Er senkt den Blick. Nach dem Bezahlen grabscht er nach der Tüte mit dem Käse und dreht sich eilig um, getrieben vom Wunsch, den Schauplatz seiner Demütigung so schnell wie möglich zu verlassen. Daraus wird nichts: Er rempelt einen Mann an, der hinter ihm steht. Er murmelt eine Entschuldigung und will weitergehen, erkennt aber im letzten Moment seinen Nachbarn von unten und bleibt stehen, jäh angebunden von reflexartiger Höflichkeit. Der Mann mit dem derben, pockennarbigen Gesicht, das trotz der roten Äderchen auf den Wangen fahl wirkt, schaut wie immer griesgrämig drein. Mit seinen blassblauen Augen sieht er Henk ungerührt an, wie ein Reptil, das auf einem Felsen liegt und auf Beute lauert. Henk tritt einen halben Schritt zurück. Etwas muss gesagt werden. Also sagt er:

»Herr Nachbar …«

Er hat seinen Namen vergessen! Das *Herr Nachbar* war eine Notlösung. Während der Mann ihn weiterhin ungerührt ansieht (jeden Moment kann sich sein Mund öffnen und eine klebrige Zunge hervorschnellen), durchforstet Henk panisch sein Gedächtnis. Etwas mit G. Van Gerwen? Gerbrandy? Groeneveld? Den Vornamen weiß er sowieso nicht. Als er kurz nach seinem Einzug klingelte, um sich vorzustellen, hatte der Mann nur seinen Nachnamen genannt. Ein scharfer, klirrender Klang. Zweisilbig. Grafdijk, Graafsma, Gerrits? Genau wie jetzt hatte der Mann ihn ungerührt angesehen. Aus der Wohnung drang der Geruch von freudlosem Essen und schmierigem Staub, von Möbeln, die seit Jahrzehnten an derselben Stelle stehen, von gestorbenen Haustieren, unveränderlichen Gewohnheiten, einem Leben ohne jeden Antrieb. Es war mitten am Tag, aber die Wohnung machte trotzdem einen düsteren Eindruck. Irgendwo in dieser Düsternis musste eine Frau sein, denn Henk hörte eine monotone Frauenstimme, wie ein Klagelied. *Wo sind die Kinder, wo sind nur die Kinder hin?* Die Frau zeigte sich nicht. Wie sie aussah, wusste er bis heute nicht, dafür aber, dass sie Krebs hatte. Das hatte ihr Mann ihm erzählt, nicht gleich bei diesem ersten Kennenlernen, sondern später. *Der Arzt sagt, er ist überall.* Sie lebt noch, aber er hat ihr Klagelied nie mehr gehört, obwohl das Haus hellhörig ist und ständig Fernsehgeräusche zu ihm durchdringen.

»Herr Nachbar … Für Sie auch Käse?«

»Nein, Eier. Für Kuchen.«

»Ach«, sagt Henk munter, »hat jemand Geburtstag?«

»Bei uns gibts jedes Wochenende Kuchen.«

Henk nickt. Er lächelt wohlwollend.

»Ich liebe Kuchen.«

Ein Anflug von Verwirrung huscht über das Gesicht des Mannes, und Henk versteht auch warum: Er fragt sich bestimmt, ob Henk auf eine Einladung aus ist. Ganz bestimmt nicht.

»Also dann, Herr Nachbar …«

Da: Goudzwaard. Fred Goudzwaard. Der Mann hat sich damals sehr wohl mit Vor- und Nachnamen vorgestellt, aber ansonsten ist Henks Erinnerung korrekt: der griesgrämige Reptilienkopf, die muffig riechende Wohnung, das Klagelied der unsichtbaren Frauenstimme. Ab und zu begegnen sie sich auf den Eingangsstufen vorm Haus. Nicken sich zu. Sprechen nur selten miteinander. Bei einem dieser Gespräche hat Henk erwähnt, er sei Intensivpfleger. Meine Frau, sagte der Mann mit erwachtem Interesse, ist krank. Sie war schon dreimal auf der Intensiv. Ein Wunder, dass sie noch lebt. Henk fragte, was sie habe. Erstaunt hob der Mann die Augenbrauen, als müsste Henk das wissen. »Krebs«, sagte er. »Der Arzt sagt, er ist überall.« Henk hat Übung mit schwierigen Gesprächen, aber unangenehm bleiben sie doch, erst recht, wenn der Tod so spürbar ist. Er hat gelernt zu warten. In dem Raum, den er ihm auf diese Weise gab, fing der Mann an zu erzählen: von der häuslichen Pflege, der Katze, einer Tochter, die in Südafrika lebt (»mit so nem Schwarzen verheiratet«), dass er in Amsterdam geboren ist und manchmal noch von den Straßen träumt, in denen er aufgewachsen ist, in der Admiralenbuurt, da waren immer Kinder, wir haben Fußball gespielt mit einer Schweineblase, die hatten wir vom Metzger bekommen, aber den gibt es heute nicht mehr. Er verstummte. Seine fahlen Augen füllten sich mit Tränen, er wischte sie mit dem Handrücken weg. Danach deutete er in Richtung Rathaus. Morgen ist Markt, sagte er. Dann, ohne ein weiteres Wort, hatte er sich umgedreht und Henk stehen lassen.

»Goudzwaard, ich habe es ein bisschen eilig, ich … Lassen Sie sich den Kuchen schmecken!«

Henk nickt, lächelt und legt dem Mann sogar kurz die Hand auf den Arm, geht dann aber mit großen Schritten zur Tür, ohne seine Antwort abzuwarten, gerade kommt jemand herein, er muss einen Schritt zurückmachen, es ist eine Frau mit einem Kinderwagen, der an der Schwelle hängenbleibt, er hilft ihr, hebt den Kinderwagen kurz an, sie bedankt sich, ein Mädchen noch, sieht er, es kann nicht die Mutter sein, vielleicht ein Au-Pair, aber dann ist der Weg hinaus frei und er tritt auf die Straße. Er ist entwischt, doch der Fluchtreflex lässt sich nicht sofort unterdrücken, und er wendet sich auf gut Glück nach links, in die falsche Richtung, macht kehrt, merkt, dass er nicht erneut an der Käsehandlung vorbei möchte, weil er nicht wieder auf den Nachbarn treffen will, also überquert er die Straße und biegt in den erstbesten Durchgang ein, der ihn über einen Umweg auf die gewünschte Route zurückbringt: zur Buchhandlung.

Der Umweg stellt sich als Segen heraus. Er gibt ihm ein paar Minuten Zeit, wieder zu sich zu kommen – in den ausgestorbenen Straßen, wo die Folgen der Atomkatastrophe noch immer nicht sichtbar, aber sehr wohl vorstellbar sind: da, das grelle Licht und die tiefen Schatten, das geplatzte Plastikschälchen mit dem Rest Ketchup im Rinnstein, die reglos hängenden Fähnchen vom Blokker. Seine Hirnaktivität verlagert sich in den präfrontalen

Kortex. Die Zügel werden angezogen. Er nimmt Dienstanweisungen entgegen, führt sie gehorsam aus: Verlangsame die Schritte, atme in den Bauch, entspann die Schultern.

***

Als Henk schließlich die Buchhandlung betritt, ist er wieder mehr oder weniger der Alte. Die Buchhandlung als solche muntert ihn zusätzlich auf – fast jede Woche kommt er hierher, in dieses Paradies aus Ruhe, aus Wissen und Fortschritt, Zivilisation, dem Duft neuer Bücher, um danach ein neues Buch in sein Regal zu stellen, doch diesmal ist der Grund für seinen Besuch ein anderer. Er ist hier, um ein Geschenk für Rosa zu kaufen. Er hat schon eine Idee für ein Buch, zögert aber noch. Ihm schwebt *Ein Junge wie Kees* vor, was an Rosa Overbeek liegt, dem Mädchen, in das Kees verliebt ist. Henk hat das Buch gelesen, als er etwa so alt war wie Rosa jetzt – also Freeks Rosa – und ging ganz darin auf. Er begriff und fühlte jedes einzelne Wort. Auf der letzten Seite küsst Rosa Kees. Dann rennt sie weg, erschrocken über ihren gewagten Annäherungsversuch, aber Kees begreift, dass der Kuss alles verändert hat. Er geht, ganz allein, auf der stillen Gracht nach Hause, zuerst noch wie betäubt, doch bald schon mit Jubel in der Brust. Die Leute, die an ihm vorbeikommen, so wird ihm bewusst, wissen nicht, wer da geht, sie sehen einfach nur einen gewöhnlichen Jungen, wie es sie zu Dutzenden gibt, aber in Wirklichkeit … Also ja, ein großartiges Buch, keine Frage, ein Klassiker der niederländischen Literatur.

Andererseits – warum sollte ein Buch aus dem Jahr 1923, das er selbst 1979 gelesen hatte, heute noch auf ein Mädchen Eindruck machen, das er genau genommen kaum kennt? Moment, das stimmt so nicht. Er versteht sich sehr gut mit Rosa. Nach seiner Scheidung schien es, als hätte sie sich um ihn kümmern wollen. Keine Ahnung, warum. Machte eine Vierzehnjährige sowas? Oder entwickelte sie sich einfach zu einer Frau, die sich um hilflose Männer kümmert? Jedenfalls hatte sie ihm bei der Renovierung in Weesp geholfen. Dabei hatten sie Gespräche geführt, die manchmal eine überraschende Wendung nahmen. Einmal fragte sie ihn: »Wie alt warst du, als du das erste Mal Sex hattest?«

Er hatte einen Riesenschreck bekommen. Er stammte aus einer Generation, der es nicht leichtfiel, über Sex zu reden, auch wenn der Zeit, in der er aufgewachsen war, heute der Ruf von seligmachender Freizügigkeit vorauseilt.

»Du lieber Himmel, Rosa, du fragst Sachen.«

»Du musst nicht antworten, ich bin bloß neugierig.«

Dass es ihm schwerfiel, über Sex zu reden, lag weniger an seiner Schüchternheit als daran, dass er es nicht konnte. Er hatte es nie gelernt. War nie richtig aufgeklärt worden. Sein Wissen war unausgewogen und beruhte größtenteils auf eigenen Erfahrungen, und die ließen sich an den Fingern einer Hand abzählen. Außerdem war ihm klar, dass Rosa nicht wirklich an seinen Erfahrungen interessiert war, sondern etwas über ihre eigene Sexualität herausfinden wollte – nicht unbedingt vertrautes Terrain für einen kinderlosen Mann um die Fünfzig, dem die eigene Scheidung nach wie vor zu schaffen machte. Aber gut, er saß neben seiner vierzehnjährigen Nichte, die eine ehrliche Antwort brauchte, also nahm er allen Mut zusammen.

»Ich war neunzehn«, erzählte er. »Ich habe damals im Krankenhaus in Slotervaart gearbeitet, in der Neurologie. Mein erstes Mal war mit einer Kollegin. In der Besenkammer. Es war furchtbar.«

Oh, wie er sich schämte! Diese Besenkammer war so trostlos, mit Neonlicht an der Decke und einem Betonfußboden, Regalen aus weißem Furnier voller Reinigungsmittel und einem improvisierten Bett aus rosa und blauen Putzlappen, einem tropfenden Wasserhahn und einem vollen Scheuereimer und dem Geruch nach abgestandenem Wasser und … Was war nur in ihn gefahren? Warum hatte er sich abschleppen lassen? Weil er so was nun mal machte, damals. Er war neunzehn. Das Leben widerfuhr ihm. Es ging an ihm vorbei und gab ihm ab und zu einen Klaps. Komm, hatte sie gesagt und ihn an die Hand genommen und in die Besenkammer gezogen. Sie schaltete das Neonlicht an. Sie verriegelte die Tür. Sie knöpfte ihren Kittel auf. Oh, wie er sich schämte … Ihre Brüste in dem unbarmherzigen Licht, die blauen Äderchen, das von der Funktionsunterwäsche plattgedrückte Schamhaar, seine stumpfe Farbe …

Rosa fragte, warum es furchtbar gewesen sei.

»Ich hatte keinen Schimmer, was sie von mir erwartet hat«, erklärte er, »also habe ich einfach drauflos gefummelt. Ich hatte Angst, nach Schweiß zu riechen, Angst, dass uns jemand hört, dass ich ihr weh tue … Es hat mir keinen Moment lang Spaß gemacht und danach habe ich mich mies gefühlt, schmutzig und wie ein Versager.«

Rosa war immer stiller geworden, bis sie reglos dasaß. Sie starrte an die Wand. Er hatte keine Ahnung, was sie dachte, sah jedoch, wie ernst sie war. Dann hatte sie den Pinsel in die Farbe getaucht und weitergestrichen.

»Ich hatte auch schon Sex«, sagte sie dann.

Das war es also. So beiläufig es klang, er begriff, dass es darum gegangen war, um diesen einen kleinen Satz, die gewaltige Tatsache des »ersten Mals«, das jede ihrer Fasern in Beschlag nahm und jeden Nerv durchzuckte, jeden Muskel belebte und jeden Atemzug beseelte. Oh ja, er verstand sie nur zu gut: Wenn sie es nicht hätte aussprechen können, wäre sie geplatzt. Es war so viel mehr als nur fünf Worte, es war ein *rite de passage*, ein unumkehrbarer Akt, der sie, das Kind, in eine Erwachsene verwandelte. Eine Erwachsene? Sie war doch erst vierzehn! Jetzt wurde Henk immer stiller, bis er schließlich reglos dasaß.

»Und eigentlich war es schön.«

Er starrte an die Wand, bemerkte aber trotzdem, dass sie ihm einen schnellen Blick zuwarf. Er musste reagieren. Er musste ihr zu verstehen geben, dass er sie gehört und verstanden hatte, fand aber nicht die richtigen Worte. Vierzehn, dachte er immer wieder, vierzehn.

Auf einmal sagte sie scharf: »Du darfst Papa nichts verraten.«.

Du lieber Himmel, nein! Es war undenkbar, Freek etwas davon zu erzählen. Ihre Beziehung hatte nach seiner Scheidung einen neuen Tiefpunkt erreicht. Sein kleiner Bruder war schonungslos. Stell dich nicht so an – wegen dem bisschen Fremdgehen? Komm schon, welcher Mann ist heutzutage treu? Und hast du eine Ahnung, hast du auch nur die geringste *Ahnung* von den finanziellen Folgen, die das für dich hat? Rosa brauchte sich keine Sorgen zu machen. Unvorstellbar, dass er Freek etwas davon erzählte. Zwischen ihm und seinem Bruder lag eine kahle Ebene, ohne jedes Relief, da gab es keinen Raum für eine solche Intimität.

»Natürlich nicht«, sagte er. »Bin ich Henk der Bekloppte, oder was?«

Rosa kicherte.

»Habe ich dir schon gesagt, dass mich mein Freund die verrückte Rosa nennt?«

»Weil du Sex mit ihm hattest?«

»Nein, davor schon. Er findet mich ein bisschen durchgeknallt und wild. Manchmal bin ich eben auch ziemlich eigen …«

Es war kokett, wie sie sich beschrieb, ihre Unabhängigkeit betonte, sich als Wildfang inszenierte, aber Henk verzieh ihr. Sie hatte ihre Unschuld verloren, vielleicht als Erste von ihren Freundinnen. Sie schwebte, ihr schwindelte. Er saß neben einem Mädchen, das vorgab, eine Frau zu sein.

»Die verrückte Rosa und Henk der Bekloppte.«

Sie musste lachen. Er schmunzelte. Dann beruhigte sie sich wieder und sagte mit Nachdruck: »Ich meine es ernst. Du darfst echt kein Sterbenswörtchen zu Papa sagen, er dreht sonst durch, aber komplett.«

Er hat nie etwas verraten, und ihre Verbindung hat sich zu einer Freundschaft entwickelt, nein, keiner Freundschaft, wegen des Altersunterschieds ist das schwierig, aber zu etwas, was dem ziemlich nahekommt. Da ist Zuneigung, da ist Vertrauen. Hin und wieder ruft sie an. Ab und zu besucht sie ihn. Sie reden, machen einen

Spaziergang und essen zusammen. Seit Kurzem trinkt sie auch mal ein Glas Wein mit ihm: noch etwas, wovon Freek nichts weiß.

***

Aber gut, die Frage ist also, ob er *Ein Junge wie Kees* für Rosa kaufen soll oder nicht. Er zögert die Entscheidung heraus – nimmt andere Bücher aus dem Regal, blättert darin, stellt sie zurück, schleicht um die Tische mit den Neuerscheinungen und lässt sich in einen Ledersessel hinten im Laden fallen. Es ist still. Hinter der Kasse sitzt der Buchhändler und liest. Bei den Kinderbüchern steht eine Frau in einem Kleid mit Weintrauben-Motiv. Es ist schön. Draußen fährt ein Moped vorbei. Da, versunken in dem Sessel und womöglich deswegen in sich selbst, erinnert er sich daran, wie er als Junge bei seinem Vater hinten auf dem Vélosolex saß. Die Bilder treten mit erstaunlicher Schärfe hervor. Er ist acht oder neun Jahre alt. Sie fahren durch eine eisige Winterlandschaft. Es wird schon dunkel. Der Rücken seines Vaters schützt ihn vor der Kälte. Der feuchte graubraune Mantel verströmt einen muffigen Geruch. Links und rechts von ihm flitzen gefrorene Kanäle vorbei und verlassene, spärlich beleuchtete Kreuzungen. Als sie endlich zu Hause ankommen, ist er so steif, dass er es kaum mehr schafft, vom Mofa abzusteigen. Auf dem Weg zur Hintertür fühlen sich seine Beine komisch an, als würden sie von einem anderen bewegt, Gott vielleicht, jemandem, der ihm wohlgesinnt war und versuchte, ihm ins Warme zu helfen.

Wie das so ist, ruft diese Erinnerung andere Erinnerungen wach, und Henk bleibt eine Weile dort sitzen und schaut zu, was ihm sein Gedächtnis auf einmal so eifrig anschleppt. Das kommt bei ihm oft vor, dass eine Kleinigkeit ihm etwas in Erinnerung ruft. Jetzt ist es das Bild eines Weberschiffchens, das auf seiner Lebenslinie hin und her fährt, immer schneller, *wusch-wusch*, und im Nu eine ganze Reihe Erinnerungen webt, und plötzlich hat er einen Abschnitt seiner Lebensgeschichte vor Augen, wie Flickwerk: eben jene Fahrt mit dem Vélosolex, aber auch eine mit dem Fahrrad, viel später und bei sommerlichem Wetter, an der Waal entlang (»Ich ging nach Bommel, um die Brücke zu sehen«, rezitierte seine Mutter, die Hände vom Lenker gelöst und hoch erhoben, als dirigierte sie das Gedicht, »ich sah die neue Brücke ...«); danach, noch später, Jan, sein großer Bruder, in sich zusammengesunken, ganz apathisch von den Pillen, auf einem verschlissenen Sofa in der geschlossenen Abteilung der Psychiatrie; dann die Fensterbank aus grauem Naturstein im Arbeitszimmer seines Vaters und das Foto von Ernest Hemingway darauf; und schließlich die Zinkwanne voll Leitungswasser im Garten in der Pluimessenlaan, in der sie sich an heißen Tagen abkühlen konnten, und das Limo-Eis, das seine Mutter an solchen Tagen machte – in Tupper-Förmchen, aus denen seine Brüder und er innerhalb kürzester Zeit Farbe und Geschmack saugten, sodass nur noch brüchiges, durchsichtiges Eis übrig blieb, natürlich völlig farb- und geschmacklos, aber immerhin Süßkram. So wird Henk mehr als deutlich, wie schnell die Zeit vergeht und wie unumkehrbar ihre Richtung ist. Licht breitet sich geradlinig aus, hat er in Physik gelernt. Für Zeit gilt dasselbe, und es wundert ihn nicht, dass beide Einheiten im Lichtjahr zusammenkommen – einer Maßeinheit, bei der man schlagartig erkennt, dass manche Entfernungen unüberbrückbar sind.

Der sentimentale Anflug wird von einer wohlbekannten Empfindung gestoppt: der, dass er kurz davor ist, zu zerfallen wie Sand. Es ist eine starke, beinahe halluzinatorische Empfindung in dem Sinn, dass er wirklich spürt, wie *etwas* wie Sand zerfällt. Die Empfindung ist unangenehm, und deshalb schüttelt er sie ab, buchstäblich, mit einem ungeduldigen Schulterzucken. Die simple Maßnahme hat eine sofortige Wirkung. Aus seiner Unentschlossenheit wird Tatkraft. Er konzentriert sich. Sammelt sich. Steht aus dem Sessel auf. Er geht hinüber zu einem Bücherregal und seine Hand greift nach oben –

Ein paar Wochen später wird Henk an diesen Augenblick zurückdenken. Er wird sich wundern und sich fragen, was da eigentlich passiert ist. Woher kam diese Empfindung zu zerfallen? Lag es am Gefühl der Unüberbrückbarkeit: Daran, dass ein damals so selbstverständliches Leben unerreichbar geworden war? Nein, wird Henk denken, das wäre noch auszuhalten, vielleicht lag es ja daran, dass die Empfindung so banal war, so selbstverständlich wie Diabetes für einen Diabetiker. Er wird eine andere Erklärung finden: Das hing damit zusammen, dass ihn diese sentimentalen Anflüge willkürlich überkamen. Seine Erinnerungen bildeten keine Geschichte, keinen eleganten Gobelin, sondern einen Flickenteppich, lose aneinandergenäht von einem Gedächtnis, das sich nichts aus Chronologie machte, nichts aus Konsistenz oder aus einer wie auch immer gearteten Reihenfolge. Diese Achtlosigkeit verwies auf einen Mangel an Konsistenz, der regelmäßig an Henk nagte. Es gibt nur Weniges, wird Henk bewusst, das ihn zusammenhält. Das muss man sich mal vorstellen. Henks Zellen erneuern sich täglich, er altert aber trotzdem. Henks Hirn ist auf eine solche Weise angelegt, dass der eine Lappen nichts vom anderen weiß, geschweige denn von dem, was in dem anderen Lappen vor sich geht. Henk wird von seinen Stimmungen überspült wie von einer unberechenbaren Flut. Und seine Erinnerungen kann Henk in der Pfeife rauchen. Die Empfindung, zu zerfallen wie Sand, war also nicht zufällig. Sie beschrieb aufs Genaueste sein Unbehagen, den Zweifel an seinem Kern, an dem, was er so nachlässig »ich« nannte, ich, Henk, und die Empfindung, dass sein Wissen über dieses Ich und diesen Henk Zum-Narren-Halterei ist, ein Sumpf, in dem er verschwinden könnte, obwohl sich dann natürlich die Frage stellt, wer oder was da eigentlich verschwände.

Genauso wenig ist es Zufall, stellt Henk fest, dass ihn die Empfindung in einer Buchhandlung überkommen hat. Lange Zeit dachte er, sein Mangel an Konsistenz sei die direkte Folge seiner Leselust. Durch das Lesen, glaubte er, dringe er in die Gedanken- und Gefühlswelten anderer Menschen ein. Das nähre seine Empathie, verwässere aber die eigene Persönlichkeit, etwa so, wie unsere Individualität in Gesellschaft aufweicht. Mit jedem Buch, das er las, verlor er ein Stück von sich. Seine Henkhaftigkeit wurde auf dem Altar seiner Leselust der Hamlethaftigkeit, der Raskolnikowigkeit und der Bloomhaftigkeit geopfert. Aus jedem

Wort, das er sich zu Gemüte führte, wurde eine Narbe, die zeigte, dass Henk sich ins eigene Fleisch geschnitten hatte. Trotzdem konnte er das Lesen nicht lassen. Er hatte es als Kind gelernt und viele herrliche Stunden *in einer Ecke mit einem Buch* verbracht, wie ihm seine Eltern später vorwarfen. Er las und las und las. Er las die *Biggles*-Romane und die *Bob Evers*-Reihe und *Hanni und Nanni* und *Ein Pferd im Internat*. Er las *Donald Duck*. Er las die Bibel und die Psalmen in seinem Psalmenbuch. Er las das *Kinder- und Jugendlexikon*, das seine Großmutter ihm geschenkt hatte. Das Lesen lehrte ihn das Wunder der Fantasie: die Fähigkeit, neue Welten zu betreten, über die eigenen Ufer zu treten und neue Böden zu fluten, wie es die niederländischen Flüsse in einem nassen Frühling taten. Einmal im Bann des Lesens, im Bann seiner Fantasie, hätte ihn keine Macht der Welt mehr von den Büchern fernhalten können. Und selbst, als in ihm als junger Erwachsener die bange Vermutung heranreifte, dass Lesen sich erodierend auf seine Persönlichkeit auswirkte und er als Leser widersprüchlichen Impulsen ausgesetzt war – einer unbehaglichen Mischung aus Liebe für und Aversion gegen Bücher, aus Verlangen und Angst, Intimität und Entfremdung, na ja, wie in einer Ehe –, konnte er es nicht lassen, wieder und wieder zu Büchern zu greifen und zu lesen.

Das führte in seinem Leseleben hin und wieder zu folgender Szene: Er hatte ein Buch zu Ende gelesen. Stand vor seinem Regal, um sich ein neues auszusuchen. Sein Blick schweifte über die Buchrücken. Er empfand ein gewisses Behagen, das große Ähnlichkeit hatte mit dem Behagen, das er in der Käsehandlung beim Anblick der Auslage empfunden hatte. Überfluss! Beruhigung angesichts eines solchen Reichtums! Er fuhr mit dem Finger an den Reihen entlang und sortierte gedanklich aus: schon gelesen; noch nicht gelesen, aber keine Lust; zu dick; zu dünn; jetzt gerade kein Englisch, bitte; vielleicht doch ein neuer Versuch mit Nabokov, nein, lieber nicht; und so weiter. Doch plötzlich verzog sich sein Gesicht zu einer Grimasse der Wut, seine Fäuste ballten sich und er stand vor seinen Büchern wie ein Boxer vor seinem Gegner. Ach, hätte er gedacht, wenn er sich die Mühe gemacht hätte zu denken, was für eine widerliche Gewohnheit, dieses Lesen, was für eine Zeitverschwendung, dieses ganze vorgetäuschte Leben! Genau, vorgetäuschtes Leben: sich in einem Sessel sitzend die Erfahrungen fiktiver Figuren zu eigen zu machen. Was für ein Armutszeugnis! Was für ein Eskapismus! Und was für eine Zerstörung der eigenen Persönlichkeit! Wer ihn in einem solchen Moment gesehen hätte, wäre wirklich verblüfft gewesen über seinen genauso abrupten wie heftigen, aber auch flüchtigen Stimmungswandel, denn lange hielt so ein Wutanfall nie an. Sein Verlangen siegte. Sein Blick fiel auf ein Buch, das er lesen wollte, das er unbedingt lesen musste, ja, das er schon lange vorhatte zu lesen, er war nur noch nicht dazu gekommen, aber jetzt würde es endlich so weit sein.

Aber mit solchen Szenen war es lange vorbei. Im Lauf der Jahre war Henk zu der Erkenntnis gekommen, dass seine mangelnde Konsistenz kein persönliches, sondern ein allgemeines Manko war. Was für ihn galt, galt auch für alle anderen, und es hatte nichts mit dem Lesen zu tun. Wir sind alle Geister, in Geschichten gehüllte Dinge, und das macht uns durchlässiger, als uns lieb ist, doch was uns lieb ist, tut nichts zur Sache. Mit dieser Erkenntnis hatte sich Henks Unbehagen größtenteils gelegt, und die Empfindung auseinanderzufallen, kam weniger oft vor, obwohl sie ihn immer noch überkommen konnte, wie soeben in der Buchhandlung.

Und so, im Rückblick auf jenen Moment in der Buchhandlung, lernte Henk etwas über sich. Das Knattern des Mofas, sein sentimentaler Anflug, die Empfindung zu zerfallen … Er sah das alte Unbehagen, aber, was noch wichtiger war, er sah auch, wie er es mit einem Schulterzucken abgeschüttelt hatte. Und er sah, wo er hinterher Halt gefunden hatte: beim Bücherregal. Er stand auf, ging zu einem der Regale, und ohne das geringste Zögern griff seine Hand nach einem Buch, denn inzwischen wusste er genau, welches er Rosa schenken wollte.

Dieses.

***

Auf dem Nachhauseweg fällt ihm ein, dass er auch etwas für Freek und Julia, seine Frau, besorgen sollte. Er macht kehrt und geht in die Weinhandlung. Dort kauft er eine Flasche Rotwein, einen tiefroten Médoc, für über dreißig Euro. Ein lächerlich hoher Betrag, findet er, aber Freek ist Weinkenner und Henk hat keine Lust auf Sticheleien. Als er sein Portemonnaie hervorholt, fällt sein Blick auf ein Regal mit Sherry und er muss an Maaike denken, eine alte Kollegin, genaugenommen eine Freundin, die jetzt im Pflegeheim lebt. Er besucht sie regelmäßig und bringt ihr jedes Mal eine Flasche Sherry mit. Er zögert einen kurzen Moment (Schurk soll nicht zu lange allein bleiben und dem Käse tut die Hitze auch nicht gerade gut), kauft dann aber eine Flasche und macht sich auf den Weg zum Pflegeheim, das etwas außerhalb des Zentrums liegt. Trotz der Hitze legt er ein beachtliches Tempo vor. Die Plastiktüten schlenkern ab und zu gegen seine Oberschenkel, aber das fällt ihm nicht auf. Seine Gedanken sind bei Maaike. Beziehungsweise bei dem, was von Maaike übrig ist. Die kleine, aber energische Person von früher ist einer vogelähnlichen Erscheinung gewichen, deren Einzelteile sich nicht mehr koordiniert bewegen, sondern jedes für sich und auf gut Glück. Mit dem Körper ist auch ihr Geist zu einem Mikado aus beschädigten Erinnerungen, Wissensresten und halb vergessenen Fähigkeiten verkommen. Nicht dass sie darunter leiden würde. Ab acht Uhr morgens spaziert sie mit ihrem Rollator umher, hält hier und da ein Schwätzchen, lacht und kichert und lässt sich gegen zehn in der Cafeteria nieder, wo sie einen Kaffee trinkt, bald gefolgt vom ersten Sherry. So ist es auch heute, und genau in diesem Moment kommt Henk herein.

»Henk! Schätzchen!«

Sie hat ihn erkannt. Das ist nicht immer so. Manchmal hat sie keine Ahnung, wer er ist. Das macht nichts. Was sie nicht weiß, denkt sie sich aus. Henk war schon ihr Sohn, ein ehemaliger Nachbar und einmal sogar ihr verstorbener Mann, wobei sie sich überhaupt nicht daran störte, dass der tot war, Henk aber putzmunter vor ihr stand. Manchmal denkt sie sich auch einfach aus, wer er ist – ein Arzt, ein berühmter Pianist oder ein gewisser Jansen, Vertreter für Bürobedarf, bei dem sie früher wohl Bleistifte, Radiergummis und Schulhefte bestellt hatte. Wussten Sie, erklärte sie Jansen, dass ich früher mal sehr schön geschrieben habe? Henk, ganz in seiner Rolle, nickte: Maaike hatte tatsächlich eine außergewöhnlich schöne Handschrift.

»Hallo, Süße.«

Er küsste sie auf die Stirn. Unter dem Druck seiner Lippen federte ihr Vogelköpfchen zurück. Sie trug eine platinblonde Lockenperücke, die – ganz wie ein Vogelnest – oben auf ihrem Kopf balancierte, und saß am gewohnten Tisch beim Eingang, um alles gut im Blick zu behalten. Henk setzte sich und nahm ihre Hand.

»Wie geht es dir?«

»Gut«, sagte Maaike munter. »Alles bestens. Ich kann nicht klagen. Aber weißt du, was mir heute früh passiert ist? Nein, das kannst du natürlich nicht wissen, ich komme also heute früh von Station –«

Sie erzählt. Hin und wieder nippt sie an ihrem Sherry. Ihr Gespräch – wenn man es als solches bezeichnen kann, denn Maaike spricht die ganze Zeit –, ist völlig zusammenhanglos. Sie springt von einem Thema zum nächsten, treibt auf der Ebbe und Flut ihres beschädigten Hirns. Hin und wieder improvisiert sie gekonnt. Sie bestellt einen Sherry, vergisst es gleich wieder und ist überrascht, als ihr ein Glas gebracht wird, hat aber im nächsten Augenblick eine Erklärung parat. Sie beugt sich zu Henk und flüstert: Der Barkeeper steht auf mich, der bietet mir öfter ein Gläschen an. Sie prostet dem Mann, braungebrannt, um die Siebzig und mit schlohweißem Haar, strahlend zu; der nickt höflich. Ein ehrenamtlicher Helfer, vermutet Henk.

»Ach ja«, sagt Henk, »habe ich dir mitgebracht.«

Er stellt die Flasche Sherry auf den Tisch. Maaike ignoriert es, krallt sich an seinen Arm und beugt sich vor.

»Ich bin in letzter Zeit so wahnsinnig scharf«, flüstert sie.

»Ach«, sagt Henk. »Und wie kommt das?«

»Keine Ahnung. Dabei gibts hier fast keine heißen Kerle. Und die meisten haben einen an der Waffel. Völlig durchgeknallt!«

Sie fährt sich mit der Hand über die Stirn. Auch die Perücke gerät in Bewegung.

»Ich glaube, das kommt von innen. Aus mir heraus. Ich mach mich selber scharf! Affenscharf!«

Sie sieht ihn an und tippt sich mit dem Zeigefinger an die Nasenspitze. Henk schmunzelt. Im Laufe der Jahre ist Maaike nach und nach verschwunden – ihr ruhiger Ton, ihre Art zu gehen, eine Tasse zu halten, zu schauen, nachzudenken, zu kichern und zu lachen – aber diese Geste gibt es noch: der Zeigefinger, der die Nasenspitze berührt. Es ist eine intime Geste: Du weißt doch genau, wovon ich rede.

»Was soll ich machen«, fährt sie fort. »Na ja, ich kann natürlich … Weißt schon. Dampf ablassen! Mache ich die ganze Zeit! Drei-, viermal am Tag lasse ich Dampf ab! Lasse -«

Ihr Satz bleibt unvollendet, weil sie plötzlich die Flasche Sherry bemerkt hat. Sie reißt die Augen auf. Sie sieht sich erst um und blickt dann zur Bar, wo der Barkeeper gerade die Theke mit einem Lappen abwischt. Sie lächelt, hebt ihr Glas und ruft: »Vielen Dank, Schätzchen! Prost!«

Der Mann schaut auf, nickt und wischt weiter. Maaike öffnet die Flasche, schenkt sich nach und trinkt einen Schluck.

Sie will von einem Vorfall am Morgen erzählen, aber kaum hat sie losgelegt, treiben die Gezeiten sie aufs offene Meer hinaus. Henk kommt nicht mehr mit. Ihre Sätze zerfallen.

»Oh, das war so furchtbar … Dass sowas möglich ist … Und als ich da so langging … Ja, ja, gehen! … Und die armen Pflanzen erst … Aber ich musste auch drüber lachen … Und dann war er auf einmal weg … Der Mann! Dieser Typ! Hörst du mir überhaupt zu?«

Eine Weile geht das so. Henk fühlt Traurigkeit aufkommen, wie Kälte. Das ist der Preis für seinen Besuch. Er lächelt, nickt und hält ihre Hand ganz fest, aber das ist alles Schau: Innerlich bricht der kräftige Mann, der neben Maaike sitzt, zusammen und liegt heulend auf dem Sofa.

»Wie in alten Zeiten, Henky-Boy, weißt du noch? Ach, schrecklich, aber wir hatten schon unseren Spaß zusammen, ja … Holla, die Waldfee! Und wieder von vorne. Ach, Menno. Und die Pflanzen tanzten einfach mit. Die Veilchen! Die Geranie! Der Firlefusselfanz! Alle!«

Sie schüttelt sich vor Lachen. Hat Schaum in den Mundwinkeln. Henk streichelt ihre Hand, die magere Kralle, die so trocken ist, dass sie an totes Holz erinnert. Er würde sie am liebsten zu sich heranziehen und an sich drücken, an seine Brust, seine Männertitten, weg von dem Abgrund, an dem sie steht, von der Verwirrung und dem Wahnsinn, den Impulsen und Einfällen, die sie jetzt völlig im Griff haben und sie mit derselben konzentrierten und gleichgültigen Grausamkeit quälen wie Halbwüchsige einen streunenden Hund.

»Manchmal bin ich klitschnass, aber das darfst du niemandem weitersagen, vor allem nicht Zacharias … Oh, Onkel Zacharias. Messias, Pizzerias, Sangrias.«

Sie ist achtzehn Jahre älter als Henk. Noch vor drei Jahren war sie genauso lebhaft und energiegeladen wie damals, als er sie auf der Intensivstation kennengelernt hatte, wo sie Oberschwester war – zwar gealtert, logisch, aber immer noch voller Vitalität. Nach ihrer Pensionierung hatte Henk sie regelmäßig in ihrer Wohnung in Muiden besucht. Hör mal, hatte sie bei einem seiner Besuche gesagt, ich habe Alzheimer. Und seit einem Jahr war sie im Pflegeheim. Weil ihr Mann gestorben ist und ihr einziges Kind in den USA lebt, kümmert sich Henk um sie. Auf der Intensivstation waren die Rollen umgekehrt, da hatte sie ihn unter ihre Fittiche genommen. Das musste sein. Denn sie hatte auf den ersten Blick gesehen, dass er ein Riese war, aber auf Sand gebaut hatte. Er war ein ausgezeichneter Krankenpfleger, nahm sich das Schicksal seiner Patienten aber zu sehr zu Herzen, hörte ihren Geschichten zu und gab ihnen gern Ratschläge. Maaike rief ihn zur Ordnung. Sie erklärte ihm, Patienten würden mit einer professionellen Haltung am besten fahren. Das sei eine Frage des Aufgabenbereichs, hatte sie gesagt. Deine Aufgabe ist es nicht, Psalmen zu singen oder Händchen zu halten, sondern Menschen zu pflegen. Halt dich also ans Pflegen. Henk hörte zu, nickte, ließ sich aber nicht beirren. Wer entkommt sich schon selbst? Henk van Doorn jedenfalls nicht. Und so las er einem blinden

Schriftsteller Gedichte von Borges vor. Sang Psalmen mit einem Vikar, der vor Parkinson oder Angst oder beidem zitterte. Häkelte ein Babyjäckchen nach Anleitung einer Sterbenden, die bald Urgroßmutter werden sollte. Maaike sah sich das alles kopfschüttelnd an und ließ ihn gewähren. Sie hatte ihre Meinung dazu deutlich gemacht, fand sie, und das musste reichen.

»Das-ist-was, Reisepass, Riesenspaß …«

Nach dem dritten Glas Sherry schlägt Henk ihr einen Spaziergang vor. Er folgt Maaike, die mit ihrem Rollator durch die Flure des stickigen Gebäudes schlurft. Sie hält hier und da für eine Plauderei, wenn man das so nennen kann. Schließlich sind sie in ihrem Zimmer angekommen. Sie dreht sich zu ihm um, macht sich daran, seine Hose aufzuknöpfen.

»Oh, ich bin ja so scharf … Scharf, scharf, affenscharf, Henky-Boy…«

Henk lässt sie kurz gewähren, nimmt dann aber ihre Hände in seine und hält sie fest. Sie sieht ihn fragend an.

»Maaike, Schätzchen …«

Sie hört an seinem Tonfall, was er zu sagen versucht. Ihre dunklen Augen füllen sich mit Tränen. Trotzdem schaut sie ihn weiter an, und er hält ihre Hände, und so stehen die beiden eine Weile, mit ihrer ganzen Geschichte, von der sie kaum mehr etwas weiß, im Gegensatz zu ihm, denn er erinnert sich an alles, während sie durch ihre Krankheit kurz angebunden ist an den Pflock des Augenblicks, man sehe nur in das Verlies ihrer Augen, in denen die Tränen schon trocknen, weil sie schon gar nicht mehr weiß, woher sie kommen, und für einen kurzen Augenblick fragt er sich – nicht zum ersten Mal – was schlimmer ist: zu vergessen oder sich zu erinnern.

***

Das macht sie öfters. Dass sie versucht, ihn zu küssen oder ihm in den Schritt zu fassen oder seine Hand zu nehmen und sie auf ihre magere Brust zu legen. Manchmal macht sie es in der Öffentlichkeit, in der Cafeteria oder im Foyer, und manchmal nimmt sie ihn mit auf ihr Zimmer, wie jetzt, an Tagen, an denen in ihrem verwüsteten Hirn offenbar noch ein paar Mäuerchen Anstand stehen geblieben sind. Auf ihr unangemessenes Verhalten reagiert Henk so sanft wie möglich. Er will ihr nicht wehtun. Will nicht, dass sie traurig wird oder sich schämt. Außerdem ist Maaikes Verhalten nicht so unangemessen, wie es aussieht: Henk und Maaike hatten früher eine Affäre. Sex ist für sie also kein unbekanntes Terrain. Obwohl sie die Affäre vor vielen Jahren beendet haben, ist diese vage körperliche Spannung zwischen ihnen beiden nie weggegangen. Jetzt, da bei Maaike die Hemmungen größtenteils verschwunden sind, kommen die alten Gefühle wieder hoch, ungezügelt, und sie fasst ihm in den Schritt, schiebt ihm die Zunge in den Mund oder presst seine Hand an ihre Brust. Um keine Missverständnisse aufkommen zu lassen: Auch Henk verspürt noch ein Überbleibsel sexueller Spannung, obwohl Maaike kaum mehr Ähnlichkeit mit der Frau hat, von der er früher nicht die Finger lassen konnte. Manchmal reagiert sein Penis auf ihre Annäherungsversuche und füllt sich mit Blut, teils automatisch, teils aber auch als spezifische

Reaktion auf die Aufmerksamkeit eben dieser Frau – oder besser gesagt: auf seine Erinnerung an eben diese Frau. Sie hatten früher drei- oder viermal in der Woche Sex, je nach ihren Schichten, immer husch, husch und manchmal unbequem, im Auto oder in einem leeren Untersuchungszimmer, immer in Sorge, erwischt zu werden, und aufgestachelt von Schuldgefühlen, weil sie beide glücklich verheiratet waren. Letzteres stellte ein Problem dar. Sie liebten ihre jeweiligen Partner wirklich und hatten nicht das geringste Bedürfnis, sie zu ersetzen, und trotzdem kamen sie nicht voneinander los. Sie waren schwach.

Was war Maaikes Triebfeder gewesen, fragt sich Henk jetzt, am späten Vormittag in der Gluthitze auf dem Nachhauseweg, gehetzt, verschwitzt, während die Plastiktüten ab und zu gegen seine Oberschenkel klatschen und ihm Käsegeruch in die Nase steigt – ein schwerer, sinnlicher Geruch, köstlich und gleichzeitig unerträglich, der womöglich dazu beiträgt, dass seine Gedanken nicht zu Schurk vorauseilen, sondern noch kurz bei Maaike verweilen. Was war Maaikes Triebfeder gewesen und was seine? Das vielleicht: Für Henk verhieß Maaike zügellosen Sex. Seine sexuelle Beziehung mit Lydia war gut, aber es gab Grenzen, dahingehend, dass ihre Beziehung offenbar in feste Bahnen geraten war und sie nicht mehr von ihnen abweichen konnten. Natürlich hätte er Lydia Vorschläge machen können, willst du dieses oder jenes, willst du es so oder so, und es war nicht undenkbar, dass sie sich darauf eingelassen hätte, doch das hatte er nie versucht. Warum nicht? Weil sexuelle Experimente riskant sind. Womöglich hätten sie neue, unbekannte Aspekte ans Licht gebracht und ihre Beziehung unwiderruflich verändert.

Womöglich hätte es sogar Schaden angerichtet und die Beziehung sich als unhaltbar erwiesen. Das Risiko bestand bei Maaike nicht. Sie war sicheres Terrain: ein paralleler Abschnitt der Wirklichkeit, der alle Freiheiten bot. Zügelloser Sex, der alte Traum, alle erdenklichen erotischen Fantasien auszuleben, die aus wer weiß welchen Tiefen an die Oberfläche kommen. Dass gerade Maaike dieses Verlangen bei ihm weckte, hing wohl auch mit ihrem Altersunterschied zusammen. Sie war achtzehn älter als er. Der ungewöhnlich große Unterschied lenkte ihre Beziehung wie von selbst auf ungewöhnliches Terrain. Ihr Körper erregte ihn, eben weil es ein älterer, ihm fremder Körper war. Er sah ihr Alter, sah die Spuren einer Geburt, die von zwei Ehen und womöglich einer Reihe von Liebhabern; er sah ihre welke Haut, die Schwangerschaftsstreifen und den weichen Bauch, den Muskelschwund, kurzum, die Spuren eines Frauenlebens. Ein Körper, dem nichts so schnell etwas anhaben konnte.

Gehetzt, verschwitzt, fällt Henk plötzlich ein bemerkenswertes Detail ein: Maaike hatte die Angewohnheit, keine Unterwäsche zu tragen (mit der Betonung auf *hatte*: im Pflegeheim trägt sie Windeln, und die wollen wir der Einfachheit halber als Unterwäsche durchgehen lassen). Das hatte Henk ganz verrückt gemacht und das Fieber, an dem er litt, gehörig in die Höhe getrieben. Wann immer er in Maaikes Nähe war, war er sich ihrer Nacktheit und allem, was ihm ihre Nacktheit zu bieten hatte, bewusst. Er brauchte nur ihren Kittel aufzuknöpfen und da war sie – ganz und gar, nackt, für ihn. Er mochte es, sich vor sie zu knien und das Gesicht an ihren Venushügel zu pressen, in das volle, dunkle Dreieck aus überraschend feinem Haar, das ihm immer ein bisschen seltsam vorkam, ein wildwachsendes kleines Bärtchen. Aber er lachte nicht. Irgendwo in dieser Landschaft fand er ihre Vagina, die er vollkommen ernst nahm, die ein paar Monate lang der Mittelpunkt seiner Welt war, der Schwerpunkt seiner Tage, die Stelle, auf die er ganz von selbst zusteuerte, und, einmal in Sichtweite, innerhalb weniger Minuten die Bestimmung seines Samens.

War der Sex mit Maaike denn zügellos? Nein, natürlich nicht, die Wirklichkeit lässt Zügellosigkeit nicht zu, jedenfalls nicht im selben Maß wie die Fantasie. Auch der Sex mit Maaike geriet in eine Bahn und der folgten sie, bis ihre Beziehung sich von selbst erschöpfte. Und das ging so: Nach einer Abendschicht hatten sie Sex in einem leerstehenden Untersuchungszimmer, wie üblich gehetzt, ohne große Umschweife – er drang in sie ein, sie bewegten sich ein paar Minuten rhythmisch und kamen mehr oder weniger gleichzeitig zum Höhepunkt, fertig. In dem Neonlicht, das durch das Milchglasfenster der Tür vom Flur in den unbeleuchteten Raum sickerte, brachten sie ihre Kleider in Ordnung. Maaike knöpfte ihren Kittel zu und wischte mit einem Papiertaschentuch einen Klumpen Sperma vom PVC-Boden. Auf dem Weg zur Tür trafen sich ihre Blicke, zufällig und zunächst nur flüchtig, dann aber aufmerksam. Da war was. Ja, da war was, und beide wussten sofort, was. Sie hielten inne. Maaike nahm sein Gesicht in die Hände. Henk, sagte sie, scharfer Henky-Boy, reicht es jetzt? Henk nahm ihre Hände und hielt sie an seine Lippen und nickte.

Und das wars. Die Affäre endete, weil sie mit einem Mal ihre Banalität gesehen hatten. Im Blick des jeweils anderen erkannten sie eine tiefe Scham: Armselig war es, was da eben passiert war, in diesem Untersuchungszimmer, diesem Licht, mit den rasch heruntergezerrten und aufgerissenen Kleidern, dem Spermaklumpen auf dem Boden. Ohne die Illusion von zügellosem Sex war ihre Affäre nur noch peinlich. Und nachdem sie das einmal so gesehen hatten, konnten sie nicht mehr zurück, und im nächsten Moment gab es keinen Raum mehr für das, was sie in den vergangenen Monaten so in den Bann gezogen hatte.

Nicht, dass die Lust damit vollkommen erloschen gewesen wäre. Ab und zu loderte noch Verlangen auf, manchmal beiläufig, dann wieder nachdrücklich, aber es kam nie zu einer Fortsetzung. Mit den Jahren verwandelte sich der erotische Flächenbrand in Zuneigung, die von ihrer gemeinsamen Vergangenheit getragen wurde – einer ausschließlich ihnen beiden gemeinsamen Vergangenheit, von der niemand sonst etwas wusste. Ab und zu legte Maaike ihm die Hand auf den Arm. Andere Male kniff Henk sie kurz in die Schulter. Mehr nicht. Selbst als Henk vor ein paar Jahren erzählt hatte, er werde sich von Lydia scheiden lassen – plötzlich Rotz und Wasser heulend, hilflos, obwohl er sich bis dahin verdammt noch mal so wacker gehalten hatte – und Maaike fragte, ob er zum Trost mit ihr schlafen wollte, hatte er nur traurig den Kopf geschüttelt.

Jetzt war sie jedoch jedem Impuls hilflos ausgeliefert. Ab und zu sah Henk ihre Avancen kommen, konnte ihnen ausweichen, indem er Maaike ablenkte. Andere Male überfiel sie ihn damit. Ein Arzt im Pflegeheim hatte ihm erklärt, sexuell enthemmtes Verhalten sei bei Alzheimerpatienten keine Seltenheit, aber Henk wusste, dass in diesem Fall noch etwas anderes eine Rolle spielte: dass es sich nicht nur um belanglose, über die Stränge schlagende Lust handelte, sondern um eine ganze Geschichte, ihre Geschichte. Also ließ er sie kurz gewähren, bevor er ihr so sanft wie möglich Einhalt gebot.

Er ist zu Hause. Er geht die Treppe hoch. Sein Hemd ist durchgeschwitzt und klebt ihm an Bauch und Rücken, aber er merkt es nicht. Er geht in die Wohnung, wo es drückend heiß ist, aber auch das merkt er nicht.

»Schurk?«

***

Schurk geht es nicht gut. Henk stellt ihm einen Wassernapf hin, Schurk richtet sich mühsam auf, trinkt und sinkt zurück in seinen Korb. Er atmet schwer. Henk nimmt den Hundekopf in die Hände und blickt wieder in die Augen eines Fremden. In den braunen Hundeaugen ist kein Funke von Erkennen: Auch er ist ein Fremder für den Hund. Panik erfasst Henk wie ein heißer Wirbelwind, doch zum Glück übernimmt der Krankenpfleger in ihm das Ruder. Es ist sieben Minuten vor zwölf. Die Tierarztpraxis um die Ecke hat samstags bis zwölf geöffnet. Er ruft kurz durch und kündigt sein Kommen an. Man verspricht ihm, auf ihn zu warten.

»Komm, wir gehen zum Arzt.«

Er nimmt den Hund auf beide Arme. Das ist ein Leichtes: Schurk ist nicht viel größer als eine kräftige Katze. Er hat ihn nicht mehr getragen, seit er ein Welpe war, trotzdem zeigt der keinerlei Regung angesichts der ungewöhnlichen Situation. Sie gehen die Treppe hinunter und auf die Straße, nach rechts, wählen die Schattenseite, und nach ein paar Minuten kommen sie zur Praxis, wo der Tierarzt, ein älterer Mann, den Henk von früheren Besuchen kennt, sie schon erwartet. Unklar ist, ob der Mann ihn wiedererkennt. Er hat nur Augen für den Hund. Schurk liegt schicksalsergeben auf dem Behandlungstisch, während der Arzt ihn schweigend untersucht. Danach stellt er eine Reihe von Fragen. Henk antwortet. Dann erklärt ihm der Arzt, der Hund leide vermutlich an einer Herzschwäche. Das würde bedeuten, dass das Herz nicht mehr in der Lage sei, das Blut – Henk unterbricht ihn. Er wisse, was eine Herzschwäche sei. Der Arzt nickt, und so bleiben sie stehen, bei Schurk, der noch immer schwer atmet, der kein Interesse an seiner Umgebung zeigt und auch den Blick seines Herrchens nicht sucht, der zu nichts anderem in der Lage ist, als dazuliegen mit seinem schwachen Herzen. Henk denkt an Saskia. Das Herz pumpt und das Blut fließt. Noch. Aber der Arzt hat ihm gerade eröffnet, dass es damit bald ein Ende haben würde. Er strafft die Schultern.

»Was schlagen Sie vor?«

»Medikamente zum Ausleiten der Feuchtigkeit. Wassertabletten. Die lindern die Kurzatmigkeit. Dazu eine verminderte Flüssigkeitsaufnahme. Geben Sie ihm nicht zu viel zu trinken. Wenn er sehr durstig ist, betupfen Sie seine Schnauze und seine Zunge mit einem nassen Schwamm. Er soll sich ausruhen, vor allem, wenn es so heiß ist. Gehen Sie mit ihm Gassi, damit er sein Geschäft machen kann, aber machen Sie keine langen Spaziergänge.«

Der Arzt steht kerzengerade da. Er erinnert Henk an einen klassischen römischen Philosophen, wie aus Stein gemeißelt, ungerührt und unnahbar. Er spricht mit leiser, beschwörender Stimme, ruhig und klar, scheint aber mit den Gedanken ganz woanders zu sein. Henk geht davon aus, dass der Mann auf dem Weg nach Hause ist, zu seinem verdienten Wochenende, einem kühlen Garten, einer Briefmarkensammlung, einem Enkelkind; doch plötzlich kniet sich der Mann mit erstaunlicher Gelenkigkeit neben den Behandlungstisch, bringt das Gesicht auf eine Höhe mit dem Hund. Er streicht Schurk über den Kopf.

»Na, mein Guter, dir fällt das Atmen schwer, nicht wahr? Dagegen tun wir was, versprochen … Ach, was für ein hübsches Tier du bist, sag mal, du bist ja ein ganzer Hübscher, und was für einer, und deine Augen erst …«

Sprachlos beobachtet Henk, wie Schurk tatsächlich mit seinem Schwanz über das dunkelblaue Kunstleder fegt. Henk sieht zu, wie der Mann Schurk streichelt und beruhigend auf ihn einredet und wie Schurk sich ohne jeden Widerstand die Medizin verabreichen lässt. Während der Arzt mit dem Hund beschäftigt ist, erklärt er, dass neben den Wassertabletten auch noch andere Medikamente helfen könnten, Schurks Herzfunktion zu unterstützen, dass die aber häufig Nebenwirkungen hätten und man deshalb genau die Vor- und Nachteile abwägen sollte. Er schlägt vor, es damit zu versuchen, zu beobachten, was die Medikamente bewirken, und dann, je nach Schurks Verfassung, weiterzusehen. Einverstanden? Henk nickt. Kurz darauf reicht ihm der Arzt eine Plastiktüte mit den Medikamenten und einer Broschüre. Damit ist der Arztbesuch beendet, doch die Männer verabschieden sich nicht. Sie sind offensichtlich noch nicht fertig.

»Dreizehn ist er, sagen Sie?«

»Fast vierzehn. Wir haben ihn als Welpen bekommen, da war er acht Wochen alt. In seinem Wurf gab es sieben Hunde, und wir durften uns unseren aussuchen. Ich war sofort hin und weg. Er war so … Also …«

»Ich versteh schon.«

»Als ich mich zu ihm runtergebeugt habe, um ihm über den Kopf zu streichen, hat er gleich mit dem kleinen Schwanz gewedelt. Genau wie eben, als Sie … darum dachte ich … das ist doch ein gutes Zeichen.«

»Er wird noch eine Weile leben. Sein Herz wird sich nicht erholen, aber er hat noch eine ganze Weile vor sich. Ein paar Monate. Vielleicht mehr.«

»Ja. Okay. Danke Ihnen. Ich danke Ihnen sehr.«

Der Arzt streicht Schurk noch immer über den Kopf. Seine Finger sind lang und gepflegt.

»Mein Sohn hatte einen Hund«, sagt er dann. »Einen Belgischen Schäferhund. Max. Sie waren unzertrennlich. Max hat bei Jochem im Zimmer geschlafen. Er hat genau gewusst, wenn Jochem nach der Schule nach Hause kam, auch zu ungewöhnlichen Zeiten, als ob er ihn schon von Weitem roch. Wir merkten an Max, dass etwas …« Der Mann wedelte mit der Hand vor dem Gesicht, als wollte er eine Fliege verscheuchen. »Später hat meine Frau …«

Henk hört nur mit halbem Ohr zu. Schurk hat noch Zeit, denkt er. Ein paar Monate, vielleicht mehr. Zeit. In den ersten Monaten war ihm aufgefallen, wie sehr sich der junge Hund angestrengt hatte, ihn kennenzulernen. Schurk war ihm auf Schritt und Tritt gefolgt. Wenn Henk in der Küche hantierte oder am Tisch saß und Zeitung las oder Fernsehen schaute, beobachtete ihn der Hund oft mit schiefgelegtem Kopf und hochgezogener Augenbraue. Was macht das Herrchen? Wie ist sein Verhalten zu verstehen? Was erwartet er von ihm? Manchmal konnte Henk Schurk regelrecht ansehen, wie es in seinem Kopf arbeitete, die Maschinerie, die Spulen und Windungen, Zahnräder und Achsen, die tickten und summten beim hundehaften Bemühen, mit seinem Herrchen vertraut zu werden. Umgekehrt gab Henk sich große Mühe, mit dem jungen Hund vertraut zu werden. Er lernte, seinen Blick zu lesen, die Stellung der Ohren, die Bewegungen des Schwanzes, die Linie des Rückens, seine Ausgelassenheit im Flur, seinen Appetit, das Muster und die Routinen beim großen und kleinen Geschäft. Auf diese Weise lernten sie sich kennen. Sie sahen sich in die Augen und verstanden, darin zu lesen, was es zu lesen gab. Oft verlor sich Henk in Schurks Augen. Hunger, las er. Ich muss mal. Mir ist warm. Gassi gehen. Schweineohr. Er entdeckte, dass der Hund ein emotionales Wesen war. Er sah Traurigkeit, Freude, Scham und Ärger. Ein emotionales Wesen ist ein musikalisches Wesen. Er legte eine Mozart-CD auf und sah dem Hund in die Augen. Nichts. Ja doch, gleich gibts ein Schweineohr. Händel: nichts. Die Beatles: nichts. Als Nächstes Frankie Goes to Hollywood: nichts. Aber »Für Elise« war auf einmal ein Volltreffer. Schon bei den ersten Tönen neigte sich der Hundekopf, eine Augenbraue hob sich und Schurk rührte sich nicht mehr vom Fleck. Was hörte er? Henk hatte keine Ahnung, spürte aber einen Anflug von Eifersucht: Könnte er doch nur das Stück hören, als wäre es das erste Mal. Der Hund blieb unbeweglich sitzen, bis die letzten Töne verklungen waren, seufzte dann und legte sich hin, augenscheinlich noch immer ergriffen – er wirkte leicht verwirrt, vielleicht, weil irgendwo in den Tiefen seines Hundehirns Drähte zum Leben erwacht waren, die sonst nur beim Menschen glühten.

Als sie an diesem Morgen plötzlich wieder wie zwei Fremde füreinander gewesen waren, war es Henk so vorgekommen, als wäre ihre Beziehung ausgelöscht, ihre Vergangenheit, all die gemeinsamen Jahre. Es war, als nähme er eines seiner Lieblingsbücher zur Hand und läse plötzlich einen anderen Text. Dass er die Entfremdung sofort an eine Erkrankung koppelte, war seiner Arbeit zu verdanken: Er kannte das Phänomen aus dem Krankenhaus. Schon tausende Male hatte er gesehen, wie jemand, der selbst gesund und voller Leben war, ans Bett eines Angehörigen trat, der nicht gesund war, sondern schwer verletzt oder krank und alles andere als voller Leben: das vorsichtige Näherkommen, die Furcht in den Augen, der Schreck beim Anblick des Fremden da in dem Bett. Ist das *echt* meine Frau? Ist das *wirklich* mein Vater? Und am schlimmsten von allem: Ist es *mein* Kind, das da liegt? Sie traten langsam ans Bett heran, die Gesunden, oft mit ausgetreckter Hand, als würden sie sich im Dunkeln vorantasten, bis sie den Fremden vorsichtig am Arm, an der Schulter, der Brust, der Stirn berührten.

*Mein Sohn hatte einen Hund.* Erst als Henk wieder zu Hause ist und Schurk in seinem Korb schläft, dringt die Geschichte des Tierarztes doch noch zu ihm durch. Der Sohn ist tot. Nachdem der Mann ausgeredet hatte, hatte Henk bloß genickt und sich nochmals bedankt, erleichtert, trotz der Diagnose. Ihnen blieb noch Zeit. Er hatte Schurk hochgehoben, und als er sich in der Tür umdrehte, um dem Arzt zum Abschied zuzunicken, stand der noch immer dort, kerzengerade, alt.

Erst jetzt begreift er, was er eben in Wirklichkeit gesehen hat – einen Vater, der seinen Sohn verloren hat, und in diesem Bewusstsein betrachtet er Schurk und denkt an Maaike, Lydia, Saskia, an den Nachbarn von unten, an die unordentliche Frau von heute Vormittag, an Rosa, Freek, den Buchhändler, an den Mann im knallroten Hemd, den er vor ein paar Tagen beim Metzger gesehen hat, an einen Freund aus der Grundschule, an den portugiesischen Bauern, der damals in der Mittagshitze die Dorfkneipe betreten und am Tresen ein großes Glas eiskalten Rotwein hinuntergestürzt hatte, an Frau Wagemakers, seine Lehrerin in der ersten Klasse, die einen beigen Audi NSU fuhr.

Kurzum, diese endlose Prozession zieht vorüber und Henk betrachtet jeden Einzelnen im vollen Bewusstsein ihrer Sterblichkeit, einschließlich seiner eigenen, der von Henk van Doorn. Sterblichkeit: Leben, das endet. Nein: Leben, das endet, obwohl wir das nicht wollen. Nein: Leben, das endet, obwohl Henk das nicht will.

***

Henk liebt die Philosophie. Vor allem Nietzsche hat es ihm angetan. Insbesondere *Vom Nutzen und Nachteil der Historie für das Leben.* Das Werk handelt von der idealen Schwere der Erinnerungen. An welchem Punkt, fragt sich

Nietzsche, werden Erinnerungen zu Ballast? Eine schwierige Frage, wie sich herausstellt, doch das macht Henk nichts aus. Er hat das Buch dreimal gelesen, ohne es wirklich zu verstehen, aber stets mit einer Erregung, die sich aus der Empfindung ergibt, in Gesellschaft eines wachen Geists zu sein. Regelmäßig fallen ihm Sätze aus dem Buch ein, im Pflegeheim zum Beispiel, vor ein paar Stunden, als er merkte, dass Maaike ihr Leben *kurz angebunden an den Pflock des Augenblicks* führte. Das hatte Nietzsche allerdings nicht über demente Menschen geschrieben, sondern über Tiere. Tiere würden zwischen den Zäunen der Zeit leben, ohne Blick auf die Vergangenheit oder die Zukunft, und darum nicht wissen, was vorher war und was später komme. Dasselbe gelte für Kinder. Ein herrlicher Seinszustand, aber einer, der nicht lange anhält, denn *nur zu zeitig,* schreibt Nietzsche, *wird das Kind aus der Vergessenheit heraufgerufen. Dann lernt es das Wort ‚es war' zu verstehen.* Es war. Es war einmal ein armes Schneiderlein, ein süßes kleines Mädchen, ein Zimmermann, na ja, alles Mögliche. Meint Nietzsche damit, fragt sich Henk, dass unser Leben in den Strom der Zeit geworfen wird, sobald Eltern anfangen, ihren Kindern Geschichten zu erzählen? Ja. Denn Geschichten existieren nur in der Zeit. Etwas ereignet sich, und dann noch etwas, und so weiter, in einer Reihenfolge, die Zeit impliziert. *Es war einmal,* und platsch, schwimmen wir in dem breiten Strom.

Henk ist sich bewusster als andere, wie sehr wir in Geschichten getaucht sind. Das muss man sich mal vorstellen, sagte er einmal zu Rosa, wir erzählen in Zeitungen und Zeitschriften Geschichten, wir erzählen sie im

Fernsehen, in den sozialen Medien, wenn wir mit Freunden und Freundinnen reden, beim Bäcker und im Taxi, vor Gericht und in der Gemeinderatssitzung, im Parlament, in Hörsälen und Klassenzimmern, im Büro und wenn wir etwas verkaufen wollen. Unser ganzes Wissen besteht aus Geschichten. Unsere Erinnerungen sind Geschichten. Unsere Pläne sind Geschichten. Und wer wir sind, Rosa, ist auch eine Geschichte. Wir leben in unserer selbstersonnenen Geschichte. Nimm mich, zum Beispiel. Ich bin Henk. Ich bin sechsundfünfzig Jahre alt, werde im Dezember, einen Tag vor Weihnachten, siebenundfünfzig. Ich bin in Amstelveen geboren, kein Dorf und keine Stadt, sondern eine ganz auf Familien zugeschnittene Gemeinde. Eigentlich nichts Besonderes, nur für mich, weil ich dort aufgewachsen bin. Wir haben auf der Straße gebolzt. Auf dem Schulhof Fußball gespielt. Lagerfeuer im verlassenen Fahrradunterstand hinter der Turnhalle gemacht. Ich erinnere mich noch daran, wie die verkohlten Überreste rochen. Meine Mutter war Hausfrau, mein Vater Chemielehrer. Er verbreitete manchmal einen seltsamen Geruch. Ich bin der mittlere von drei Jungen. Mein großer Bruder ist tot und es fällt mir immer noch schwer, darüber zu reden. Mein kleiner Bruder hat zwei Kinder, dich und deinen Bruder Tim. Na ja, den kennst du natürlich. Ich bin Intensivpfleger. Ich mag meine Arbeit und bin auch gut darin, aber manchmal habe ich Angst, dass das ganze Elend, das ich sehe, mir unter die Haut kriecht und mich schneller altern lässt. Echt ein unsinniger Gedanke. Ich bin eins sechsundachtzig groß und wiege einundneunzig Kilo. Mein BMI ist 26,3, das ist zu viel, aber noch nicht fettleibig, und laut dem Institut für Ernährung wäre es gut für meine Gesundheit, wenn ich ein paar Kilo abnehme. Ich bin ein glücklicher Single. Das entspricht zugegebenermaßen nicht ganz der Wahrheit, dessen bin ich mir bewusst, aber irgendwie muss man es sich ja schönreden.

Der springende Punkt, Rosa, schloss er, ist doch, dass Geschichten das Grundgerüst unseres Begreifens und unserer Erkenntnis sind. Ihre Architektur. Ohne Geschichten würde die Welt in bedeutungslose Teile zerfallen. Die Welt wird zusammengehalten von unserer Fähigkeit, Geschichten zu erzählen. Mit unserer Fantasie spinnen wir etwas aus Nichts. *Es war einmal.*

Um auf Nietzsche zurückzukommen: Der hatte sich überhaupt nicht mit so etwas befasst, sondern sich gefragt, was die ideale Schwere der Erinnerungen war, und geglaubt, Tiere hätten kein Gedächtnis. Damit ist Henk ganz und gar nicht einverstanden, und zwar wegen Schurk. Schurk hat zweifellos ein Gedächtnis. Er trägt Wissen über seine Vergangenheit mit sich (wo sein Körbchen ist, sein Fressnapf, sein Spielzeug, wie er heißt, wer Henk ist, wie Henk klingt) und kann sich eine Vorstellung der Zukunft machen (Morgenspaziergang, Abendessen, Henks Geruch, wenn er morgens die Treppe runterkommt). Und im Gegensatz zu Nietzsche, der schreibt, Tiere wären schlicht glücklich, weil es für sie nur den Augenblick gibt, sieht Henk ein reiches Gefühlsleben. Schurk kann glücklich sein, fröhlich, aufgeregt, verärgert, ängstlich, traurig und wehmütig. Er mag Musik. Er mag »Für Elise«. Er mag auch Mahler *(*»Kindertotenlieder«*)* und seltsamerweise die George Baker Selection *(*»Una paloma blanca«).

Und so ereignet sich an diesem Samstagmittag gegen dreizehn Uhr in Henks und Schurks Leben Folgendes: Henk geht zum CD-Regal, greift zu »Für Elise«, legt die CD ein und schaut zu Schurk. Schurk, in seinem Körbchen, spitzt die Ohren und öffnet die Augen. Zwar legt er den Kopf nicht schief, denn der liegt stabil auf dem Rand des Körbchens, aber dafür geht die linke Augenbraue hoch und plötzlich wird das Hundegesicht lesbar.

Es bleibt noch Zeit, liest Henk. Es bleibt noch himmlische, herrliche, unvergleichliche Lebenszeit.

***

Es ist also dreizehn Uhr. Henk sitzt am Esstisch, der die Küche vom Wohnzimmer trennt, und trinkt einen starken und durch den Zucker, den er eigentlich weglassen sollte, fast sirupartigen Kaffee. Der Tag ist zwar erst halb vorbei, scheint aber schon gut gefüllt, seine Schwere passt zur drückenden Wärme in der Wohnung. Henk könnte in der Hoffnung auf Abkühlung ein paar Fenster öffnen, doch auch ihn hat die Schwere im Griff, er kommt nicht einmal auf die Idee. Der Kaffee hilft unterdessen überhaupt nicht. Die Müdigkeit schlägt umso stärker zu. Beethoven wird aufdringlich. Das ist eine Folge seiner Müdigkeit: Das Hirn kann die komplexen Klänge nicht mehr verarbeiten, und sie zerfallen zu Lärm. Henk sehnt sich nach Stille, und der Drang ist so stark, dass er trotz der Müdigkeit aufsteht und die Musik ausschaltet. Die darauffolgende Stille wird sofort wieder von einem Auto verdrängt, das auf dem Kopfsteinpflaster vorbeifährt, und das klingt wie Meerwasser, das über Muscheln zurückfließt, und spült damit einen Urlaub in Cornwall hoch und einen Strand, der bei Ebbe übersät war mit Plastikmüll, Verpackungen, Eimern, Handschuhen, Flaschen, Stücken Seil, das häufig mit Seegras verknotet war und meistens leuchtend bunt, und von so wunderbarer Schönheit, dass er Dutzende Fotos machte, die er immer noch eines Tages ausdrucken und rahmen will, um sie als Serie, zum Beispiel über der Treppe, aufzuhängen, aber daraus ist noch nichts geworden, weil er bei so etwas furchtbar nachlässig ist. Als das Auto wieder weg ist, hört er gedämpft den Fernseher aus der Nachbarwohnung. Er seufzt. Fährt mit den Fingern über die CDs, auf der Suche nach Musik, die nicht stört und als Ersatz für Stille herhalten kann. Er greift zur George Baker Selection.

*When the sun shines on the mountain*
*And the night is on the run*
*It's a new day, it's a new way*
*And I fly up to the sun*

Schurk reagiert nicht. Henk ist enttäuscht, aber die Erleichterung überwiegt: Der Hund schläft tief und fest, wie er es sein Leben lang zu bestimmten Zeiten getan hat. Von einer Tragödie weit entfernt.

Er setzt sich wieder und trinkt den letzten Schluck Kaffee. Die CD hatte Lydia damals gekauft, und Henk hatte sie nach der Scheidung für Schurk mitgenommen. Lydia ist eine der intelligentesten Frauen, die er kennt – sie ist Professorin für theoretische Informatik, war schon mit dreiundzwanzig im Stadtrat von Roermond (für die konservativ-liberale VVD) und spricht fließend Englisch, Französisch und Spanisch –, leidet aber unter erstaunlich schlechtem Geschmack. Sie mag die George Baker Selection. Sie mag auch Boney M., Abba und Alphaville. Sie mag Serien wie *Friends* und *Reich und Schön.* Sie mag Mikrowellengerichte und alkoholfreies Bier. Angorawolle und Pailletten. Sie steht auf Reizwäsche und ist heute mit einem Amerikaner verheiratet, der vermutlich ebenfalls darauf steht – ein unangenehmes Bild, das sich Henk da aufdrängt. Wie dem auch sei, zunächst hatte er ihre Geschmacksverirrungen für einen charmanten Aspekt ihrer Persönlichkeit gehalten. Er war verliebt. Und Verliebtheit heißt Verblendung, und der konnte auch Henk sich nicht entziehen. Lydias Geschmack zeugte von einer erfrischenden Ehrlichkeit, hatte er sich gesagt, von Mut, von einer gewissen Gleichgültigkeit gegenüber gesellschaftlichen Konventionen. Sie war ein unabhängiger, freier Geist. Und damit tat sie ihm doch einen Gefallen: Sie zerstörte sein wohlgeordnetes Weltbild und zwang ihn, seine Werte neu auszurichten, zu überprüfen und überdenken, und dagegen kann kein vernünftiger Mensch etwas einzuwenden haben. Doch in dem Maße, wie die Verliebtheit nachließ, klärte sich sein Blick. Er ärgerte sich zunehmend über sie, das war nun mal der Lauf der Dinge, und um seinem Ärger Herr zu werden, versuchte er, Lydia zu verstehen, auch das war der Lauf der Dinge. Er stellte ihr Fragen. Warum magst du solche Musik? Was gefällt dir an »Una paloma blanca«? Lydia war ihm keine Hilfe. Sie blockte ab. Worüber er sich in Gottes Namen aufrege? Sie möge den Song eben, na und? *Na und?* Also, sagte Henk, das liegt ja wohl auf der Hand, ich meine, du musst nur mal richtig hinhören, dieser stumpfsinnige Rhythmus, die Piccoloflöte, und dann erst der Text, du lieber Himmel, das sagt doch schon alles, und so weiter. Aber nein, sie verstand es nicht. Und er konnte es ihr nicht begreifbar machen. Und natürlich ging es genau darum: Dass er es ihr nicht begreifbar machen konnte. Sie hätte es ohne Erklärung verstehen müssen, Punkt, aber das tat sie nicht, und er konnte es ihr nicht erklären, und so tat sich ein Abgrund auf, und in diesem Abgrund verschwand schließlich ihre ganze Ehe, denn so läuft das nun mal, genau so – Lappalien, die man sich anfangs schönredet und vor sich rechtfertigt und um die man sich immer wieder kabbelt, die man am Ende aber nicht in den Griff bekommt, egal was man tut, und die nach und nach eine ganze Ehe gnadenlos zerstören.

*Una paloma blanca*
*I'm just a bird in the sky*
*Una paloma blanca*
*Over the mountains I fly*
*No one can take my freedom away*

Wirklich der letzte Mist, diese Musik. Er sollte aufstehen, die CD herausnehmen und zerbrechen, sie zerstören und verbrennen und die Asche requiemsummend auf der letzten Ruhestätte seiner Ehe ausstreuen. Aber das tut er nicht. Er denkt an Schurk, für den schlafenden Hund könnte die Musik ja heilsam sein. Außerdem ist er viel zu müde, um noch mal aufzustehen. Er ist so müde, dass er sich nicht gegen den neuen und genauso düsteren Gedanken wehren kann, der auf den öligen Wellen seines Geistes an den einsamen Strand seines Henk-Lebens gespült wird. Der Gedanke lautet: Was für eine blöde Kuh sie doch war. Lydia. Dass sie solche Musik wirklich mochte, ohne Scham, ohne Ironie, sogar ohne darüber nachzudenken. Was sagt das über den Charakter eines Menschen aus? Nichts Gutes. Was für eine merkwürdige Erkenntnis – jetzt jagen seine Gedanken dahin wie eine Horde wildgewordener Hyänen –, dass er sie jemals geliebt hat. Er kann sich das kaum noch vorstellen. Offenbar war er ein ganz anderer Mensch. Zweifellos. Aber was für einer? Er war siebenundzwanzig gewesen. Schlank. Voller Energie und Leichtigkeit. Er machte einen entschlossenen Eindruck, insbesondere wenn er arbeitete, aber in Wirklichkeit war er ziellos. Ihm fehlte ein Zentrum, ein Schwerpunkt, und so driftete er in alle Richtungen. Er wusste nicht, wer er war. Ein bodenloser Behälter war er, in dem alles Platz fand, eine Bühne, die jeder stürmen konnte, eine Kanzel, auf der jeder das Wort ergreifen konnte. Ein Weichei war er, ja, ein Waschlappen, ein konturenloses Wesen, aber Moment mal, jetzt bloß kein Selbstmitleid, das ist nicht der Sinn der Sache. Es ging doch um Lydia, und Lydia war eine blöde Kuh mit ihrer saublöden Musik, mit ihren saublöden Serien, nein, stopp mal. Stopp! Es stimmte nicht, dass Lydia an allem schuld war. Was stimmte, war, dass sie achtundzwanzig gewesen war, frisch promoviert und voller Lebenspläne. Sie liebte den Mann, der er gewesen war (siebenundzwanzig, schlank, energiegeladen), und mit diesem Mann wollte sie nicht nur ins Bett, sondern ihn sogar heiraten. Und er liebte die Frau, die sie war, und mit dieser Frau wollte er nicht nur ins Bett, sondern sie sogar heiraten. Also heirateten sie. Sie waren glücklich. Er erinnert sich jetzt wieder. Und sie liebten sich mit dreißig immer noch, als sich herausstellte, dass sie keine Kinder bekommen würden (Achtung, heikles Thema, das überspringen wir fürs Erste), obwohl das ihr Glück vielleicht etwas schmälerte. Das ist der Lauf der Zeit, der Biss geht verloren, die Unmittelbarkeit, und Glück verblasst zu Zufriedenheit. Seis drum. Aber mit Mitte Vierzig liebten sie sich plötzlich nicht mehr. So hat er es zumindest in Erinnerung: Von einem Tag auf den anderen liebten sie sich nicht mehr. Plötzlich war da eine Leere zwischen ihnen. Kahlschlag. Warum? Warum hatten sie aufgehört, sich zu lieben? Er weiß es nicht. Er hat sich das nie gefragt, und sie sich offenbar auch nicht. Sobald ihnen klar war, dass sie sich nicht mehr liebten, gab es keinen Grund mehr, sich zu fragen, was schiefgelaufen war, geschweige denn, darüber zu reden. So lebten sie noch eine Weile nebeneinanderher, aus Gewohnheit, mangels besserer Ideen vielleicht, in dem Glauben, kein anderer würde sich je für sie interessieren, aber jedenfalls nicht mehr, weil ihnen etwas daran lag. Am Ende trennten sie sich, weil die Stille – nein, nicht die Stille, lärmen taten sie zur Genüge –, sondern weil der mangelnde Sinn unerträglich wurde. Ja, denkt er jetzt, ruhiger geworden, trauriger, in gewisser Weise weiser, ja, so war das, so geht eine Ehe in die Brüche: Verliebtheit wird zu Liebe, wird zu Zuneigung, zu etwas Freundschaftsähnlichem, sie wird eine Selbstverständlichkeit, wird Faulheit,

Gereiztheit, Abneigung, Unmut, sie wird zu Gleichgültigkeit, zu einem Mangel an Sinn. Zur Scheidung.

Na ja, ungefähr so ist es gelaufen, wobei die Betonung auf »ungefähr« liegt, denn darüber gäbe es wirklich mehr zu sagen, wie dem auch sei, jetzt ist der Moment gekommen, zum Hörer zu greifen und Lydias Nummer zu wählen. Sie meldet sich sofort, als wohnte sie nicht in New York, sondern im Nachbardorf.

»Henk«, hört er sie sagen. »Wie schön!«

»Lydia. Hallo. Ich bins. Ja. Wie gehts dir?«

»Prima, danke. Alles wie immer hier. Ich frühstücke gerade. Auf der Dachterrasse. Und du?«

»Ich nicht. Ich sitze drinnen. Hör mal, ich finde, du solltest das wissen, immerhin ist er ja auch deiner, deswegen dachte ich, ich ruf einfach …«

»Immer schön langsam. Wovon sprichst du?«

»Schurk. Ich rufe wegen Schurk an. Er ist krank.«

Ja, das trifft es, er ruft wegen Schurk an. Damit hat es seine Richtigkeit, einen anderen Grund anzurufen gibt es nicht. Seit der Scheidung haben sie sich nichts mehr zu sagen, ihre Leben haben keine Berührungspunkte mehr, zwischen ihren Leben gibt es nichts als eine kahle Ebene, doch auf dieser Ebene läuft Schurk noch herum, und über ihn können sie noch zusammenfinden – die Stimme des anderen ertragen und die Bilder, die diese Stimme hervorruft, samt den Erinnerungen, die an diesen Bildern haften, kurzum, die wirklich unglaublich komplizierte Tatsache, dass sie sich früher geliebt haben und heute nicht mehr – und solange Schurk lebt (solange er lebt!) ist das weiterhin möglich.

Damals hatten sie den Hund gemeinsam ausgesucht. Lydia war überarbeitet und wollte ihr Leben entschleunigen. Henk schlug einen Hund vor. Tiere, hatte er ihr erklärt, leben kurz angebunden am Pflock des Augenblicks. Sie binden einen ans Hier und Jetzt und das ist genau, was du brauchst. Lydia wollte einen Pudel, aber Henk schlug ihr einen Kooikerhondje vor, und damit war die Sache entschieden. Sie kauften den Welpen von der Vorsitzenden des niederländischen Kooikerhondje-Vereins (reizend, völlig durchgeknallt natürlich, und mit beeindruckend großen Füßen), es war Liebe auf den ersten Blick. In dem gepflegten, wohlhabenden, kinderlosen Zuhause brachte der Welpe alles durcheinander, aber das war egal. Sie verliebten sich in das rührende Hundegesicht, lachten über den Wackelpo, bewunderten die schönen Zähne, wuschelten durch das herrlich weiche Fell. Und es war nicht die Entschleunigung, die Lydia heilte, nicht das unerbittliche Hier und Jetzt, das der Hund ihr vor Augen führte, sondern seine Lebensfreude. Das war der Schlüssel. Die richtete sie auf, und sie wurde wieder gesund und ging wieder zur Arbeit und kam nach Hause und wurde von einem wilden jungen Hund begrüßt, der auf sie zustürmte und sich auf den Rücken warf und sich in ihrem offenen Haar verhedderte und wieder losrannte und mit einem abgenagten getrockneten Rinderohr, einer rohen Kartoffel oder einem Spielzeug zurückkam und sie unweigerlich dazu brachte, verzückt zu lächeln und mit ungewohnt hoher Stimme dummes Zeug von sich zu geben wie *Gut gemacht, Großer,* und *Fein gemacht,* und *Du kleiner Schurke, du.*

»Wie meinst du das? Was hat er?«

Über die ganzen sechstausend Kilometer hinweg hört er ein leises Klirren, mehr nicht, aber es genügt, dass er sie vor sich sieht: den Bistrotisch mit der Marmorplatte, auf den sie ihre Tasse abstellt, und wie sie sich aufrichtet, schlagartig hellwach, als würde sie sich wappnen für das, was kommt, die Worte, die auf eine Tragödie hinauslaufen. Hinter ihr sieht er nicht den Umriss der Dächer und die Wolkenkratzer, die er sehen sollte, sondern er stellt sich eine Straßenszene vor, wie er sie aus unzähligen Büchern, Serien und Filmen kennt, zum Beispiel aus *Taxi Driver*, ja, die Stelle, wo Travis das Straßenmädchen aufgabelt: die einst schicken, mittlerweile aber baufälligen Häuser, die kunstvollen Balkone aus Schmiedeeisen und die offenbar nachträglich angebauten Feuertreppen, die verbeulten Mülltonnen und die aufgetürmten Pappkartons, der zerborstene Asphalt, überall Männer und Frauen und Kinder, auf dem Gehweg, auf der Steintreppe zur Haustür, in offenen Fenstern, denn es ist heiß in dieser Szene, schwülwarm, man spürt die Hitze, man riecht sie, den Asphalt, die Abgase, den süßlichen Geruch des Mülls und dann Travis mit diesem Straßenmädchen namens Iris, Iris, die in ihren orangefarbenen Schuhen mit den viel zu hohen Absätzen umknickt, meine Güte, sie haben den Film zusammen gesehen, zu Hause, auf Video, nach dem Sex. Er und Lydia.

»Herzschwäche.«

Sobald sie begriffen hatten, dass es vorbei war mit der Liebe, hatten sie sich einvernehmlich scheiden lassen. Sowas gibts auch. Kinder hatten sie keine und Geld spielte keine Rolle. Nur Schurk war ein Knackpunkt, sie wollten ihn beide behalten, aus demselben Grund, beide empfanden aufrichtige Liebe zu dem Hund, und sie waren sich einig, dass ein geteiltes Sorgerecht nicht gut gewesen wäre für Schurk. Bei wem sollte er also bleiben? Die Frage löste sich von allein, bevor sie sich zum ernsthaften Problem auswuchs. Lydia nahm eine Stelle an der Cornell University in New York an und wanderte zwei Monate nach der Scheidung in die USA aus. Dort lernte sie ihren jetzigen Freund Timothy kennen, ein Kollege und ebenfalls Informatiker. Schon ein halbes Jahr nach der Scheidung war Lydia zu ihm gezogen, in seine Wohnung in Brooklyn, wo sie jetzt auf der Dachterrasse frühstückte. Es ist, so kommt es Henk manchmal vor, als hätten die letzten Jahre ihrer Ehe bei Lydia eine solche Spannung erzeugt, dass ihr Leben straffgezogen war wie das Gummiband einer Zwille und sie nach der Unterschrift unter die Scheidungspapiere, als die Anspannung nachließ, wie ein Stein davonkatapultiert worden war. Ja, in den düsteren Monaten nach der Scheidung sah Henk manchmal das Bild von Lydia vor sich, mit flatternden Haaren und zappelnden Beinen, einen Koffer ängstlich an sich gepresst, wie sie durch die Lüfte über den Atlantik sauste, bis zur Cornell University, wo sie, schwuppdiwupp, in Timothys Armen landete, zu beider großen Überraschung, natürlich. Ein genauso groteskes wie befreiendes Bild: Jedes Mal, wenn er es sich ausmalte, musste er lachen. Und nicht nur das, nein, er lachte, bis ihm die Tränen über die Wangen liefen. Er konnte gar nicht mehr aufhören, die flatternden Haare, er gluckste und lachte Tränen, die zappelnden Beine, alles in ihm zog sich zusammen, der Koffer, und dann war er zurück auf dem Sofa, halb sitzend, halb liegend, mit nassen Augen, einem fleckigen, vom Weinen verquollenen Gesicht, die Hände schützend auf dem vor Lachkrämpfen schmerzenden Bauch, völlig erschöpft, aber auf eine zutiefst befriedigende Weise gereinigt von Trauer und Scham und Hass und Reue und bereit für den Rest seines Lebens.

»Aber da muss man doch was machen können!«

»Ja und nein. Er bekommt Medikamente, aber eine Herzschwäche ist nicht heilbar. Man kann den Prozess verlangsamen, mehr nicht.«

»Den Prozess verlangsamen? Was soll das heißen? Wie lange hat er noch?«

Der Prozess. Himmel nochmal. Offenbar gibt es kein Entkommen – und das, obwohl er vor langer Zeit gelernt hat, dass die Neutralität medizinischer Fachbegriffe (Prozess, Verlauf, Eingriff, Prognose) nie zur gewünschten Beruhigung (wir haben alles unter Kontrolle, wir wissen genau, was wir tun) führt, sondern sie haben ganz im Gegenteil eine geradezu alarmierende Wirkung (die vorgetäuschte Kontrolle ist offensichtlich eine Lüge, das weiß jeder, und es ist entsetzlich und unverständlich, dass Ärzte und Krankenschwestern sie weiter aufrechterhalten). Die Schärfe, mit der Lydia seine Erklärung wiederholt, ist ihm eine Warnung: Er muss seine Worte sorgfältiger wählen.

»Schurks Herzmuskel ist geschwächt. Altersbedingt. Das Blut zirkuliert nicht mehr richtig, und das bringt Beschwerden mit sich. Die kann man zwar mit Medikamenten in den Griff bekommen, aber das Herz wird sich nicht mehr erholen. Das heißt schlussendlich … »

»Aber das geht doch nicht, Henk, das darf nicht sein!« Ihre Stimme bricht.

»Ach, mein armer kleiner Schurk ...«

Jetzt weint sie. Henk erträgt es nicht, jemanden weinen zu sehen. Nein, das stimmt nicht, als Krankenpfleger kann er gut damit umgehen, ruhig, geduldig, warmherzig, aber eine weinende Lydia ist zu viel für ihn. Er hat sie nur selten weinen sehen. Sie ist keine, die sofort in Tränen ausbricht, und jetzt tut sie es doch. Kaum auszuhalten: wenn die Stärke einer Person zu etwas Kleinem und Hilflosen zerbröselt.

»Komm schon, er liegt doch nicht im Sterben ...«

Falsch! Sein Fehler wird ihm in dem Moment bewusst, in dem er die Worte ausspricht: Sie verraten seinen Ärger. Er unterstellt ihr Anstellerei und mangelnde Aufrichtigkeit. Er nimmt sie nicht ernst und es wird ihn teuer zu stehen kommen, wie ihm bewusst wird, als er einen Stift zur Hand nimmt und Kreise auf den ungeöffneten Umschlag mit seiner Gehaltsabrechnung malt. In wenigen Augenblicken werden seine Worte zu ihr durchdringen und für Empörung sorgen. Sie wird es fertigbringen, ihre Empörung mit wenigen unterkühlten, sorgfältig formulierten Sätzen in Wut umschlagen zu lassen. Sie wird ihm Vorwürfe machen. Behaupten, er hätte sich nicht vernünftig um Schurk gekümmert. Hätte zu spät Hilfe gesucht. Sie wird alte Wunden aufreißen, um ihn zu treffen, wo sie nur kann. Sie wird ihm Nachlässigkeit vorwerfen, Disziplinlosigkeit, sein Übergewicht. Sie wird ihm seine Untreue, die er ihr in einem Anfall dummer Aufrichtigkeit gestanden hat, zum Vorwurf machen, ohne ihm die Gelegenheit zu geben, sie an die eigene zu erinnern. Und am Ende wird sie ihm seine Unfruchtbarkeit vorhalten, denn das war der

Knackpunkt, ja, jetzt darf es gesagt werden, so schmerzlich es ist. Er hat schlechte Spermien. Schlechte Schwimmer. Und dieser Vorwurf wird ihm den letzten Schlag versetzen. Ein bleierner Mantel der Schuld wird sich auf seine Schultern legen und ihn derart lähmen, dass sie freie Fahrt hat. Einen Kreis nach dem anderen malt er, findet sich resigniert mit allem ab, was noch kommen wird.

Aber nichts dergleichen passiert.

»Wie lange, meinst du, hat er noch?«, fragt sie.

Er hört, wie sehr sie sich bemüht, deutlich zu artikulieren. Ihre Stimme zittert. Ihre Worte rutschen immer wieder aus, ein paar Buchstaben hier, eine Silbe da, als wäre der Satz mit einer Eisschicht überzogen.

»Das weiß ich nicht. Das konnte der Arzt auch nicht sagen. Ein paar Monate, wer weiß, vielleicht mehr.«

»Vielleicht mehr?«

»Ich weiß es wirklich nicht, Lydia. Ich wiederhole nur, was der Arzt gesagt hat.«

»Ein paar Monate, vielleicht mehr.«

»Vielleicht mehr. Du kennst Schurk. Er ist immer für eine Überraschung gut.«

»Ja, du hast recht. Ach, Schurk.«

Sie fängt wieder an zu weinen, so leise diesmal, so gedämpft, dass Henk nur ein Schniefen hört. Sie ist traurig. Sie ist wirklich traurig, und das weiß Henk zu schätzen. Sie liebt den Hund, der ursprünglich Fido hieß, immer noch. Fido war ein übermütiger Welpe, der über Bücher herfiel, über Stuhlbeine, Schuhe, Mantelsäume, Schals, Kabel, die Klappe des Geschirrspülers, eine Ecke der Anrichte, eine Ledertasche, Socken, Zeug, das er aus

Mülleimern ausgrub, leere Milchtüten zum Beispiel, Zeitungen, Briefumschläge, Plastikbehälter, Dosen, Kerngehäuse und Streichholzschachteln. Sie konnten ihm einfach nicht böse sein. Sie brachten höchstens ein verzücktes *Du kleiner Schurke, du* hervor. Allmählich wurde aus der lahmen Ermahnung ein Kosename. *Du bist mir ja einer, und was für einer, ein kleiner, frecher Schurke.* Und so wurde aus seinem Kosenamen sein Rufname, sein richtiger, unverwechselbarer Name, seither heißt er Schurk und der Name Fido ist in Vergessenheit geraten.

»Weißt du noch, wie er sein Spielzeug immer selbst aufgeräumt hat?«

»Und wie er aus dem Ruderboot gesprungen ist.«

»In die Entengrütze!«

»Ja. Und wie er bei Musik seine Augenbraue hebt.«

»Una paloma blanca.«

»Free like a bird in the sky.«

Sie lacht. Ah, denkt Henk. Ihr Lachen war damals ein wichtiger Faktor, ihr Lachen mit achtundzwanzig Jahren!, frei und hemmungslos, dem hatte er nicht widerstehen können. Das war auf einer Party, sie hatte gelacht und ihre Blicke hatten sich getroffen. So hatte alles angefangen. Warum in Gottes Namen hat er aufgehört, sie zu lieben? Warum hat er nie verstanden, wie kindisch es ist, einen Menschen in das einzuteilen, was man mag, und das, was man nicht mag? Nie verstanden, dass die einzige Wahl, die zählte, die war: Lydia oder keine Lydia? Wer weiß, denkt er, während er seiner Exfrau zuhört, vielleicht wäre es mir mit etwas mehr Weisheit durchaus gelungen, sie für ihre Geschmacksverirrungen zu lieben, wer weiß das schon?

Durch das Telefon ertönen jetzt Sirenen, Getöse, Flugzeuge vielleicht, ein Hubschrauber, ein Schrei, eine Männerstimme. An diesem Ende der Leitung sitzt Henk am Tisch, massig, müde, warm, aber mit einem Lächeln auf den Lippen. Ein paar Meter weiter schläft Schurk und seufzt genießerisch, sein Herz schlägt, er lebt noch.

***

Die Sonne steht höher am Himmel und zeichnet ein Muster aus Licht und Schatten in Henks Wohnzimmer. Dieses Muster hat Henk in den drei Jahren, die er hier wohnt, lesen gelernt, mit seiner Hilfe kann er genau sagen, wie spät es ist, aber nicht jetzt, denn jetzt schläft er auf dem Sofa. Sein Körper hat sich von seinem Ich abgekoppelt, um sich auszuruhen, um – das ist augenscheinlich die Bedeutung des Wortes Ausruhen – dem Klammergriff des Bewusstseins für ein paar Stunden zu entkommen. Ein guter Moment also, uns Henk genauer anzusehen. Er ist, wie gesagt, kräftig gebaut und ziemlich groß, hat leichtes, aber durchaus sichtbares Übergewicht, und auf seinem runden Kopf wächst kurzes graues Haar. Er hat große, rehbraune Augen, die jetzt natürlich geschlossen sind, aber anfangen zu glänzen, wenn er gerührt ist, was nicht eben selten vorkommt. Die Augenbrauen sind buschig und noch dunkelbraun – seine ursprüngliche Haarfarbe – und extrem beweglich, was ihm ein sehr ausdrucksvolles Gesicht verleiht. Seine Nase ist kurz und gerade und fällt nicht weiter ins Gewicht. Sein Mund ist schwer zu beschreiben. Die Lippen sind steif und gerade, vor allem die Oberlippe, also bewegt sich fast nur – und ziemlich mechanisch – die Unterlippe, wenn er spricht, wie bei den Marionetten in den *Thunderbirds,* die er als kleiner Junge gern geschaut hat.

Für alle, die jünger sind als Henk: die *Thunderbirds* war eine der ersten animierten Fernsehserien, und sie drehte sich um International Rescue, eine Organisation, die mit ihrer hervorragenden technischen Ausstattung jedem Bösewicht das Handwerk legen konnte. Ihre Mitglieder waren Helden mit kantigem Kiefer und ultramodernem Outfit, und dass man die Fäden sehen konnte, an denen sie hingen, tat der Sache keinen Abbruch. Was für eine Aufregung, wenn eine Rettungsaktion losging und die ehrfurchtgebietenden Maschinen der Thunderbirds in Bereitschaft versetzt wurden! Vor allem die Thunderbird 2 hatte es Henk angetan, ein dickbauchiges Raumfahrzeug mit variablen Laderäumen. Man stelle sich den kleinen Henk vor, sieben Jahre alt und spindeldürr, wie er am Samstagabend auf knochigen Knien vor dem Schwarzweißfernseher hockte, im gestreiften und vom vielen Waschen plüschig weich gewordenen Schlafanzug, die Haare noch feucht von der wöchentlichen Dusche, mit einem Glas grelloranger Limo in der Hand, den Blick auf den Bildschirm geheftet, wo der Pilot der TB2 über ein ausgefeiltes System von Rutschen zu seiner unterirdisch geparkten Maschine gelangte (!) und sich dann eine ganze Felswand beiseiteschob (!), damit die ehrfurchtgebietende Maschine freie Bahn zur Startrampe bekam, auf den ersten Blick eine normale Straße, doch wenn sich die Palmen zur Seite klappten (!) in Wirklichkeit eine Plattform, die hochfuhr (!), auf dreißig, vierzig

Grad gekippt wurde, und somit der Maschine erlaubte, mit dröhnenden Motoren zu starten. Sein Herz raste, sein Mund stand offen und seine Lippen glänzten, wenn auch nicht von der mittlerweile lauwarmen Limo, die er komplett vergessen hatte.

»Coming in for target. Permission to open fire …«

»Go ahead … and good shooting!«

Wenn wir uns schon mal im Jahr 1968 befinden: Im Wohnzimmer der Pluimessenlaan 11 in Amstelveen waren neben dem Schwarzweißfernseher auch ein olivgrüner Dreisitzer, ein dunkelbrauner Drehsessel, ein eckiger Couchtisch mit drehbarer Tischplatte (Mahagoni/weißes Furnier) und ein über die halbe Länge zwischen Ess- und Wohnzimmer angebrachtes Metallregal, auf dem unter anderem eine Sammlung bunter Glaskunst stand. Hin und wieder steigen Gegenstände aus diesem Regal in Henks Erinnerung auf, dieses Glas zum Beispiel, aber auch eine kleine ausgestopfte Schildkröte, der ein Fuß fehlte (stattdessen baumelte ein Stück Draht aus dem Panzer), ein hohler Apfel aus Holz, in dem Briefmarken aufbewahrt wurden, am häufigsten jedoch ein kleines Holzpferd – leicht, lebendig und herzergreifend mit seiner Mähne und dem Schwanz aus aufgerautem Seil. Wenn er an das Pferdchen denkt, überkommt Henk immer eine große Rührung, unmittelbar gefolgt von vagem Kummer, weil er wirklich nicht die geringste Ahnung hat, wo es abgeblieben ist. Seine Eltern leben nicht mehr, sein ältester Bruder ist tot, und Freek ist ein Banause, der die Schönheit des Pferdchens bestimmt nicht zu schätzen weiß. Wo ist es also? Henk fürchtet, es könnte bei einer Aufräumaktion verschwunden sein, zum Beispiel in einem Karton, der später lieblos weggeworfen oder bei einem Trödler abgeladen wurde. Manchmal, in erhabeneren Momenten, gelingt es ihm, sich einzureden, dass das Pferdchen unversehrt ist und immer noch irgendwo steht, auf einer Fensterbank, und dass jemand es gelegentlich aufmerksam betrachtet. Das – diese Aufmerksamkeit – ist von grundlegender Bedeutung für ihn, sich Zeit nehmen, richtig hinzuschauen, damit das Leben – hier, jetzt, vor seiner Nase – nicht genauso plötzlich wieder verschwindet, wie es eingetreten ist, ein Schatten ohne Bedeutung, weiter nichts.

Wie gesagt, Henk schläft. So, auf dem Sofa, kommt seine kräftige Statur gut zur Geltung. Durch die schlafbedingte Entspannung hat er eine gewisse Ähnlichkeit mit einem Walross, das nicht nur das Sofa in voller Breite einnimmt, sondern darüber hinausschwappt und einen erheblichen Teil des Wohnzimmers belegt. Ein Segen, dass Henk dieser Anblick erspart bleibt. Er wäre zutiefst gedemütigt. Er würde einen ausgelaugten alten Dickwanst sehen. Unbeteiligte Beobachter würden mit Sicherheit auch schöne und anmutige Seiten an ihm entdecken. Zum Beispiel seine Ohren, die klein und kompakt sind und noch gar keine Ähnlichkeit haben mit dem Knubbeligen, Austernpilzartigen, das man bei alten Männern oft sieht. Obendrein kann Henk mit den Ohren wackeln, was ihm schon mal den einen oder anderen Lacher beschert, am liebsten von Rosa. Ein weiteres Detail ist seine jugendlich glatte Stirn, die er seltsamerweise nicht zu schätzen weiß. Er findet seine Stirn *unmännlich.* Bei näherer Betrachtung eine kindische Einschätzung, dessen ist sich Henk durchaus bewusst, trotzdem kommt er nicht davon los. Zu guter Letzt lohnt es sich, seine Hände näher zu betrachten. Sie sind nicht schön im klassischen Sinn – klein, grob behaart, mit dicken Fingern und kleinen weißen Flecken auf den Nägeln –, aber außergewöhnlich geschickt; einmal in Bewegung zeigt sich ihre wahre Schönheit. Das lässt sich gut beobachten, wenn Henk arbeitet und die komplizierten medizinisch-technischen Handgriffe verrichtet, die Teil dieser Arbeit sind, wie das Anlegen eines Verbands, das Einführen einer Kanüle oder das Wechseln eines Katheters. Diese Handgriffe führt er so geschickt und akkurat aus, dass man von Schönheit sprechen muss. Womöglich ein Erbe seiner Mutter. Er kann sich gut an ihre Hände erinnern, früher, in der Küche in Amstelveen, wenn sie dort hantierte. Manchmal schienen sich ihre Hände vom Körper zu lösen und frei durch den Raum zu schweben; ganz gleich, ob sie einen Topf auf den Herd stellte, Kartoffeln schälte oder ein Gericht salzte, immer taten es ihre Hände mit einer Anmut, die ihn faszinierte, obwohl ein Wort wie *anmutig* ihm natürlich nicht in den Sinn gekommen wäre, er war ja erst fünf oder sechs Jahre alt. Damals saß er oft auf der Fensterbank und sah seiner Mutter zu, an die ständig beschlagene Scheibe gelehnt, an der die weißen Vorhänge mit dem grünorangen Blümchenmuster klebten, wodurch der Geruch von nassem Stoff eine unselige Verbindung mit den Essensgerüchen einging, wie Süß- und Salzwasser in einem Flussdelta. Er sah sich immer noch da sitzen, auf der Fensterbank, und er sah immer noch seine Mutter, ihre Schürze, die Art, wie sie eine vor die Augen gefallene Strähne wegblies, und ihre Hände natürlich, den

Tanz, den sie vollführten, obwohl auch der längst zum Erliegen gekommen war, im Jahr 1986, an einem Dienstagvormittag, bei Regenwetter, nach einem Riss der Aorta.

Offenbar träumt Henk gerade, denn hinter seinen Lidern bewegen sich die Augäpfel unruhig in ihren Höhlen. Vielleicht ist es ja der Traum, der ihn hin und wieder beschäftigt und den er in den letzten Monaten öfter geträumt hat. Es gibt ihn in unterschiedlichen Varianten, im Kern ist es aber immer derselbe: Henk wohnt in einem Haus, das an den Rändern verschwimmt. Seine Wohnung geht auf merkwürdige Weise in andere Wohnungen über; ein paar Wände fehlen; hier und da öffnet sich ein Durchblick, der ihm intime Einsichten in das Leben anderer Menschen verschafft; manchmal betritt ein Fremder das Zimmer, in dem er gerade ist und das er für seines hält, was sich jedoch als falsch erweist, und plötzlich wird ihm das Zimmer fremd.

Henk deutet diesen Traum als den Ausdruck seines alten Unbehagens über sein unzusammenhängendes Ich – das Gefühl, zu zerfallen wie Sand. Ihm ist schon klar, warum dieses größtenteils bezwungene Unbehagen in seinen Träumen zurückkehrt: Wenn der präfrontale Kortex die Zügel lockerlässt, treten alte Geister auf den Plan. Aber ihm ist auch klar, dass diese nüchterne Deutung zu kurz greift. Der Traum ruft ein intensives Gefühl der Bedrohung auf, und das ist neu. Früher war es Unbehagen, jetzt ist es Angst. Warum? Na ja, denkt Henk, es wird wohl Todesangst sein. Der Traum lenkt die Aufmerksamkeit entschieden auf das Endstadium seines unzusammenhängenden Ich. Die unscharfen Übergänge in der Wohnung, die manchmal/

vielleicht seine/nicht seine ist, den Verlust einer zuverlässigen Form kann man leicht als Vorausdeutung eines Körpers verstehen, der, wie alles andere, schließlich zu nasser Erde zerfällt.

Gut, Todesangst also, aber das passt ihm nicht. Henk hat keine Angst vor dem Tod. Um ehrlich zu sein, findet er Todesangst kindisch. Nicht, dass er sich auf seinen Tod freut, auf das Sterben an sich, natürlich nicht, aber vor dem Gestorben-Sein hat er keine Angst. Wie er es Freek gelegentlich vorgehalten hat: Wenn man erst mal gestorben ist, gibt es ja nichts mehr, was das Gestorben-Sein wahrnehmen kann, wieso machst du dir also einen Kopf? Einmal abgesehen von dieser philosophischen Gelassenheit ist Henk davon überzeugt, dass der Tod in Wahrheit ein Segen ist: dass alles Gute aus dem *nassen Grab unserer Geburt* kommt. Das ist ein einfaches ökonomisches Gesetz: Jeder Wert geht mit Beschränkungen einher – Beschränkungen der Dauer, des Umfangs, der Menge. Es ist die Endlichkeit, die dem Leben seinen Wert gibt. Gleichzeitig gilt (so denkt er manchmal tiefenentspannt): Der Tod ist doch unser treuester Gefährte? Der Tod ist immer da, von Anfang an, wie unser Schatten, er bleibt mit jedem Schritt an unserer Seite, Atemzug für Atemzug, in guten wie in schlechten Zeiten, bis er uns den letzten Hauch von den Lippen stiehlt und uns das Geschenk endlichen Lebens überreicht.

Was soll Henk also mit diesem Traum als unmittelbarem Ausdruck von Todesangst anfangen? Na ja, nichts. Gar nichts. Gereizt zuckt er mit den Schultern. Träume sind Schäume, hält er sich vor, Geschichten ohne jede

Bedeutung, von einem schläfrigen Hirn aus zufällig Vorhandenem willkürlich zusammengesetzt … Träume sind nicht einmal Betrug: Sie sind Blödsinn. Wie auch immer, er hat keine Angst vor dem Tod. Punkt.

Übrigens schläft Henk mittlerweile ruhig, kein Rollen der Augäpfel, kein Zucken, in Frieden. Offenbar träumt er nicht mehr. Sein Mund steht offen. Ein Speichelfaden läuft ihm aus dem Mundwinkel über die Wange. Er hat sich nicht rasiert, also hat er kurze dunkle Stoppeln auf der Wange, und dort sucht sich der Speichelfaden ein Bett, wie in der Wüste, wenn nach langer Trockenheit zum ersten Mal wieder Wasser fließt, zögernd noch, als Vorbote des Monsuns, oder wie auch immer der in der Wüste heißt.

Keine Frage: Es ist wirklich ein Segen, dass Henk dieser Anblick erspart bleibt.

Gegen fünfzehn Uhr wacht Schurk auf. Der Hund öffnet die Augen, hebt den Kopf und sucht Henk, wie immer. Er entdeckt ihn auf dem Sofa, Henk schläft noch. Ein beruhigender Anblick, und er legt den Kopf wieder auf den Rand des Körbchens. Seine Augen bleiben offen. Schurk wirkt entspannt, aber bei genauerem Hinsehen fällt sein schnelles Atmen auf. Außerdem geht er nicht wie sonst nach dem Nickerchen als Erstes zum Wassernapf, um schlabbernd zu trinken. Beides, das schnelle Atmen und sein ungewöhnliches Verhalten, kommen sicher von der Herzschwäche. Herzschwäche führt zu unzureichender Blutzirkulation. Wasser sammelt sich in der Lunge an.

Das verursacht wiederum Kurzatmigkeit. So erklärt sich die beschleunigte Atmung. Mit der Herzschwäche geht Müdigkeit einher, wegen des Hechelns, aber auch, weil die Organe und das Gewebe nicht ausreichend mit Sauerstoff versorgt und genährt werden. Deshalb bleibt der Hund lieber in seinem Körbchen. Aber kein Grund zur Panik, trotz dieser Auffälligkeiten hat sich die Situation nicht dramatisch verschlechtert, so schnell geht das nicht, aber es ist Zeit für Schurks Medizin. Es wäre schon gut, wenn Henk aufwachen würde. Außerdem steht noch mehr auf dem Programm. Schurk sollte kurz raus, schließlich hat er Wassertabletten bekommen. Danach muss Henk sich für die Gartenparty bei Freek fertigmachen, die gegen siebzehn Uhr anfängt. Weil er den Bus nehmen will (damit er etwas trinken kann; unvorstellbar, einen solchen Anlass ohne alkoholischen Beistand zu überstehen), bleibt ihm nicht mehr allzu viel Zeit.

Gut also, dass auch Henk endlich aufwacht. Es ist ein völlig anderes Erwachen als am Morgen. Während sein Bewusstsein da herbeigeschlendert kam, steht es jetzt sofort zeternd vor ihm. Drückende Hitze! Durst! Schurk! Herzschwäche! Medikamente! Gartenparty! Nicht gerade angenehm, so aufzuwachen, aber als wäre das nicht schon schlimm genug, bringt ihn das Gezeter dazu, überhastet aufzustehen, und das wiederum beschert ihm ein Reißen im unteren Rücken, das ihm die Sprache verschlägt.

»Aua!«

Er lässt sich zurücksinken und wartet, bis der Schmerz nachlässt. Das dauert eine Weile. Er kennt den Schmerz: Er hatte schon einmal einen Bandscheibenvorfall, und seitdem ist sein unterer Rücken seine Schwachstelle. Jetzt nur keine falsche Bewegung. Vorsichtig zieht er die Beine an, stützt sich auf die Ellbogen und stemmt sich hoch; danach stellt er erst ein Bein neben das Sofa, dann das andere, und indem er dieser Drehbewegung in aller Ruhe folgt, gelingt es ihm, sich schmerzfrei aufzurichten. Als er endlich sitzt, bemerkt er Schurk, der ihn noch immer ansieht.

»Na, mein Guter!«

Wie immer hebt der Hund eine Augenbraue, aber Henk hat seine zu schnelle Atmung bereits registriert. Er steht auf, will ihm den Trinknapf bringen, denkt an den Rat des Tierarztes, die Flüssigkeitsaufnahme zu beschränken, kehrt um, leert den Napf zur Hälfte aus und stellt ihn dann erst neben den Hundekorb. Dankbar steht Schurk auf und trinkt. In der Zwischenzeit holt Henk die Tabletten, die Schurk widerstandslos mit dem letzten Rest Wasser schluckt. Danach sieht er ihn an.

»Mehr geht nicht«, sagt Henk, »das ist nicht gut für dein Herz.«

Es ist schrecklich heiß in der Wohnung. Das Licht ist so grell, dass Henk nicht einmal die andere Straßenseite sehen kann. Er öffnet ein Fenster nach vorne raus und lässt die Jalousien vor den anderen Fenstern hinunter. Danach öffnet er die Küchentür nach hinten raus und schafft so ein wenig Durchzug. Schon besser. Am Kühlschrank trinkt er im Stehen ein, nein, zwei große Gläser kalte Buttermilch. Noch besser. Er seufzt tief. Allmählich wird es wieder. Schurk steht noch immer neben seinem Körbchen, unsicher, vielleicht ist ihm bewusst, dass heute ein ungewöhnlicher Tag ist, an dem ungewöhnliche Dinge geschehen. Das merkt Henk und begreift, dass der Hund eine Entscheidung braucht, aber er kann noch keine treffen. Henk schenkt sich noch ein drittes Glas Buttermilch ein und trinkt es, nicht in einem Zug, sondern in kleinen Schlucken. Die Buttermilch ist so kalt, dass sich seine Kehle danach taub anfühlt. Jetzt noch was essen. Er sieht sich um. Ein Apfel. Er beißt in einen Apfel. Der Apfel ist mehlig und fade, er landet nach dem ersten Bissen im Müll. Was dann? Er öffnet den Kühlschrank, nimmt den Käse heraus, schneidet sich ein Stück ab und steckt es sich in den Mund. Um sein unmittelbar aufkommendes schlechtes Gewissen zu beruhigen, isst er einen zweiten Apfel, der genauso mehlig und fade ist wie der erste, aber der Kontext hat sich geändert, Aroma und Konsistenz spielen keine Rolle mehr – jetzt geht es nur noch um Gewissensberuhigung, und darum isst er den Apfel restlos auf, mit Stumpf und Stiel. Hostien schmecken auch nach nichts.

Schurk sitzt inzwischen auf den Hinterläufen. Henk kniet sich neben ihn und redet ihm gut zu.

»Schurk, braver Junge, wir gehen gleich raus, nicht lange, nur eine kleine Runde, aber Gassigehen ist wichtig. Immer schon gewesen. Und jetzt ganz besonders. Du musst das Wasser loswerden. Deswegen bekommst du auch die Tabletten. Damit du besser atmen kannst. Hörst du?«

Schurk reagiert nicht, Henk weiß jedoch, dass er ihn versteht, natürlich ist das kein inhaltliches Verständnis seiner Worte, sondern ein emotionales: Henks Tonfall überzeugt ihn davon, dass Henk weiß, was er tut. Darum geht es. Henk ist der Bestimmer. Das Maß aller Dinge. Was das

Herrchen, der Bestimmer, tut oder unterlässt, sagt oder verschweigt, gibt oder nimmt, prägt die Welt des Tiers, und es weiß, woran es ist. Schurk weiß also, woran er ist, und als sie kurz darauf ihre Runde drehen, hebt er am erstbesten Laternenpfahl das Bein. Schneller Blick zu Henk.

»Gut so, mein Junge.«

Das Gefühl drohenden Unheils – die Atomkatastrophe, die schon eingetreten ist, die Stadt aber noch nicht erreicht hat – hat sich gelegt. Die Straßen und Häuser haben sich mit der Hitze abgefunden und jeden Ausdruck verloren. Sie sind nur noch sie selbst, ohne jeden Anspruch, alle Energie ist verdampft. Nach wenigen Minuten ist Henk schweißgebadet. Schurk, der mittlerweile drei Mal das Bein gehoben hat, hängt die Zunge aus dem Maul. Zu Henks Erleichterung ist sie nicht mehr so blass wie am Morgen, sondern rosa, wie sie sein sollte. Ohne es zu merken, lächelt Henk bei der Erinnerung an den Welpen Schurk, an seine zarte, rosa Zunge, die ihn in aller Frühe vorsichtig weckte, weil es Zeit war für sein Geschäft. Himmel, wie verliebt er in den Hund war! Er ging mit ihm spazieren, spielte und schmuste mit ihm. Er rief nach ihm und beobachtete, wie er auf ihn zustürzte, die flatternden Ohren in einer rührenden Wellenbewegung und die rosa Zunge aus dem offenen Maul hängend. Er drückte ihm ohne jede Scheu Küsse auf die schwarze Nase. Ließ die seidigen Ohren durch seine Finger gleiten. Untersuchte sie und rieb ihm den Schlaf aus den Augen, inspizierte sein Maul und zog ihm Zecken aus der rosa Haut, die sichtbar wurde, wenn man das Fell zur Seite strich. Ihre Beziehung ist nach wie vor vertraut, und Henk fragt sich (sie gehen durch eine schattige Gasse in der Nähe der Wohnung), ob er jemals einen so selbstverständlichen, vertrauten Umgang erlebt hat, mit wem auch immer. Nein. Nicht mit den Frauen in seinem Leben, nicht mit den unzähligen Patienten und Patientinnen, die er in allen erdenklichen Zuständen ernüchternder Vertrautheit gepflegt hat. Henk erkennt auch – und mit diesem Bewusstsein überkommt ihn ein altbekannter Anflug von Schwermut, die in ihre Bestandteile hätte zerlegt werden können, in Schuldgefühl, Selbsthass und existenzielle Erschöpfung –, dass alles, wäre er Vater geworden, anders gewesen wäre, aber nein, lassen wir das lieber. Ausgerechnet diese Erkenntnis hat er Freek zu verdanken. In der Zeit, in der sie sich nach Jans Tod regelmäßig sahen, wurde Rosa geboren. Wenn Henk seinen jüngeren Bruder abholte, war der oft mit Rosa zugange, und die Vertrautheit der beiden hatte ihn tief bewegt. Er sah zu, wie Freek sie trug und wiegte; wie er sie an seinem kleinen Finger nuckeln ließ, damit sie einschlief; wie er mit ihr spielte und redete und lachte; und er beobachtete, wie Rosa ihren Vater unsicher ansah, mit Augen, die noch nicht richtig fokussieren konnten, die noch nicht über das gut ausgestattete Backoffice eines vollentwickelten Gehirns verfügten, aber schon den tiefen Wunsch ausdrückten, zu wissen, wer sie da herumtrug und festhielt und für sie sang und sie saubermachte. Papa! Henk beobachtete Vater und Tochter gerne, aber nicht ohne Schmerz, nicht ohne an Lydia zu denken, an Lydias Kinderwunsch, an seinen eigenen Kinderwunsch und an den Grund, warum der unerfüllt geblieben war und daran, was das möglicherweise bedeutete.

Freek hatte die Kleine mit beiden Händen über den Kopf gehoben und sie herumgeschwenkt.

»Hui! Rosa kann fliegen!«

Und so war sie geflogen, die nur wenige Monate alte Rosa, und über ihr Gesicht war eine Regung gehuscht, ihr Mund hatte sich geöffnet und ihre Augen hatten sich verengt, nicht aus Angst, sondern als erste Ankündigung dessen, was bald ein entzückendes Lächeln sein würde.

An der Haustür kniet Henk sich hin und nimmt den Hundekopf in die Hände. Schurk sieht ihn an. In seinem Blick liegt die übliche Wehmut, dieser Hundekummer, die unergründliche Einsicht in den wirklichen Stand der Dinge (alles geht vorbei), die letztlich die Quelle für das Wesensmerkmal des *canis lupus familiaris* ist: seine unbändige Lebensfreude. Henk spürt die vertraute lange Schnauze, das weiche Fell, die warmen, schwarzen Lefzen.

»So, mein Junge«, sagt er laut, aber angestrengt, weil sich ihm durch das unvermittelte Begreifen der Diagnose Herzschwäche, durch seine eigene Machtlosigkeit und durch das Bewusstsein, dass Sand nun mal durch die Finger rinnt – kurzum, angesichts des vollkommen sinnlosen Entwurfs des Lebens, der Welt und des Universums –, die Kehle zuschnürt, »wir sind wieder zu Hause, wir zwei.«

***

Henk duscht, rasiert sich und zieht sich dann für die Gartenparty an. Er wählt eine leichte Leinenhose und ein himmelblaues Hemd, in dem er ein bisschen schlanker wirkt. Dann mustert er sich gewohnheitsgemäß im mannshohen Schlafzimmerspiegel, dreht sich von rechts nach links und wieder zurück, fährt sich mit der Hand über den Kopf und zupft noch etwas an seiner Kleidung herum. Das ist, bei näherer Betrachtung, ein merkwürdiges Verhalten. Er kleidet sich, als beobachtete ihn ein anderer, der im Grunde er selbst ist, und präsentiert sich also sich selbst für einen Moment von seiner besten Seite, und zwar einem Selbst, das tut, als wäre es ein Anderer. Er streckt die Brust raus, zieht den Bauch ein und hebt das Kinn etwas. Ihm ist bewusst, dass er sich gleich wieder vom Spiegel abwenden, diesen Anderen vergessen und jede Anstrengung aufgeben wird, sich von seiner besten Seite zu zeigen. Dennoch kann er dieses Verhalten nicht unterdrücken. Dass er zwischen zwei Polen gefangen ist – der Erkenntnis, dass sein Verhalten unsinnig ist, ohne nach dieser Erkenntnis zu handeln – ruft eine Spannung hervor, die sich in Verkrampftheit äußert, in einer gewissen Verlegenheit, und die sich diesmal – so ein Tag ist es nun mal: seit dem Aufwachen eine einzige Abfolge von Ausnahmesituationen – in einer genauso albernen wie erlösenden Aktion übermütig Bahn bricht: Er streckt seinem Spiegelbild, das mit beeindruckendem Imitationsgestus dasselbe tut, die Zunge heraus.

Bevor er sich auf den Weg macht, drückt er Schurk einen Kuss auf den Kopf. Der Hund blickt auf, und einen Moment lang denkt Henk, er wird gleich zwinkern, doch das tut er zum Glück nicht. Draußen packt ihn die Hitze sofort im Nacken, wie sein Vater früher bei ihren gemeinsamen Spaziergängen, im Thijssepark zum Beispiel, um ihn auf einen Baum oder eine Pflanze oder eine Blume aufmerksam zu machen. Sein Vater ist schon lange tot. Zusammen mit seiner Frau liegt er in einem Grab, das Henk ab und zu besucht, nicht so sehr seiner Eltern wegen, als vielmehr, weil er selbst eines Tages an dieser Stelle beerdigt sein wird.

»Schau mal, Schurk, da komme ich auch mal hin. Friedlich hier, oder?«

Der Hund reagiert nie. Er hat keine Ahnung, wozu die Stelle gut ist. Die meisten Toten liegen schon so lange unter der Erde, dass da kein Geruch mehr ist, der ihn beunruhigen oder aufregen könnte. Kurz angebunden an den Pflock des Augenblicks beobachtet der Hund einen Schmetterling oder eine Hummel, schnuppert am Kies und schaut gelegentlich zu seinem in Gedanken versunkenen Herrchen auf. Wenn Henk wieder aus seinen Gedanken auftaucht und am Hundeblick hängenbleibt, lächelt er ganz von selbst über den unbefangenen Müßiggang des Hundes, diese unbeschwerteste Art zu leben. Nicht zuletzt dank Schurk baut der Friedhofsbesuch Henk jedes Mal auf.

Die Bushaltestelle ist am Bahnhof, zehn Minuten zu Fuß von seiner Wohnung, nicht sehr weit, aber weil er spät dran ist, bleibt ihm nichts anderes übrig, als einen Zahn zuzulegen, er stiefelt regelrecht durch die heißen Straßen, und kurze Zeit später rinnt ihm wieder der Schweiß hinunter. Halb so wild: Der Bus ist gut klimatisiert und in dieser kühlen Oase gerät Henk in einen Zustand angenehmer Entspannung. Noch bevor er sich setzen kann, fährt der Bus schon an und er plumpst auf den Sitz: Auch das ist angenehm. Während sie sich durch die Straßen der Kleinstadt schlängeln, wandert sein Blick nach oben. Ein Trick, den er sich in Amstelveen angewöhnt hat, als kleiner Junge. Wenn er den Kopf auch nur ein kleines bisschen nach hinten legte, befand er sich in einer ganz anderen Straße: einer Straße aus zweiten und dritten Stockwerken, Dächern und Schornsteinen, Baumwipfeln, den Wohnblöcken mit Laubengängen an der Sportlaan und einem holländischen Himmel, der hoch oben über ihn hinwegstrich, ganz egal, was in der Pluimessenlaan vor sich ging, ohne dem auch nur die geringste Beachtung zu schenken, und schon gar nicht dem kleinen Kerl da unten mit dem Kopf im Nacken. So entstand ein Gefühl von Weite, von Freiheit und Abenteuer, dem er sich gern hingab. Jetzt, im Bus, geht es ihm ähnlich. Er legt den Kopf zurück, sieht graue Fassaden, Fensterrahmen aus Naturstein, Dachziegel aus Schiefer, Baumwipfel und die Türme der Laurentiuskirche. Er sieht den Himmel, natürlich sieht er den Himmel, den sieht man von überall, in allen Farben, und er ist ganz versessen darauf, besonders auf die Kakophonie aus Grau, Weiß, Blau und Dunkelrot, die so oft den Übergang zwischen den Jahreszeiten markiert; alles treibt dahin – Wolken wie Schiffe, wie ausgefranste Kleider, wie aufgeplatzte Früchte, in Linien, die sich manchmal haarscharf abzeichnen und dann wieder wie Aquarellfarben zu grauen Vorhängen zerfließen, wie die Barten von Walfischen, Regenschauer, ach, der Himmel ist wirklich großartig, und unter einem solchen Himmel geht er gern im Polder spazieren, weil er dann alles vergisst und –

Aber gut, heute gleicht der Himmel über seinem Leben einer makellosen, juliblauen Fahne. Auch herrlich. Er atmet auf. Das liegt garantiert an seinem Blick, der nach oben geschweift ist: Er atmet auf und spürt in seinem Körper wieder mehr Weite. Ein entspannter Zustand verändert den Blick auf die Welt ziemlich drastisch. Kaum liegt die Stadt hinter ihnen, gibt es keine Anzeichen eines drohenden Unheils mehr, einer Atomkatastrophe, die jeden Moment über die Welt hereinbrechen könnte, nicht einmal mehr von grimmiger Hitze, da ist nichts als eine sonnige Sommerlandschaft, genau so solls sein, Holland, wie es besser nicht geht, frisch und fröhlich, Wasser, Wiesen, Weidenbäume, Kühe und Schafe, ein Haubentaucher, Kiebitze und sogar (inzwischen fahren sie am Merwede-Kanal entlang) blonde Jungs in einem Ruderboot, das auf den Bugwellen eines großen Binnenschiffs tanzt, der *Andrea*, die allem Anschein nach eine Ladung Steinkohle Richtung Utrecht bringt. Die Jungs sind aufgestanden, sieht Henk, der sich umgedreht hat, um besser sehen zu können, und versuchen mit offenen Armen im tanzenden Bötchen das Gleichgewicht zu halten. Er grinst von einem Ohr zum anderen, weil er schon weiß, was gleich passiert, und tatsächlich, einer geht, platsch, über Bord und taucht kurz danach wieder auf. Der zweite Junge ist durch das plötzliche Schaukeln auch gestürzt, aber ins Boot, und er rappelt sich auf und streckt dem ins Wasser gefallenen Jungen die Hand entgegen.

Im nächsten Moment sind die Jungs außer Sicht. Um das alles zu sehen, musste Henk sich ganz nach hinten umdrehen, und jetzt, im Zurückdrehen, fällt sein Blick auf einen anderen Fahrgast, eine Frau, er erkennt sie, kann sie aber nicht einordnen. Sie schaut zurück. Er sieht, dass auch sie in diesem Wiedererkennen ohne Untertitel gefangen ist, und sie sehen sich eine Weile ausdruckslos an, mit Gesichtern so leer wie eine Anzeigetafel bei Stromausfall, unterdessen aber fieberhaft auf der Suche nach Anhaltspunkten für einen passenden Gesichtsausdruck: etwa, dass sie sich von früher kennen, oder aus dem Supermarkt, oder vom Krankenhaus. Es dauert lange, es wird ein bisschen peinlich. Da lächelt die Frau und fragt: »Wie geht es deinem Hund?«

Na sowas! Es ist die Frau, die er heute Vormittag beim Hausboot gesehen hat, die Frau, die so nett war, Schurk etwas zu trinken zu geben, was im Nachhinein betrachtet nicht so schlau war, aber das konnte er nicht wissen und sie gleich gar nicht. Sie sitzt ein paar Reihen hinter ihm, auf der anderen Seite des Gangs.

»Gut. Na ja, nicht so gut eigentlich. Wir waren beim Tierarzt, er hat eine Herzschwäche.«

»Oh, das klingt ernst.«

»Ja. Sein Herz ist nicht ganz in Ordnung. Es pumpt nicht gut genug.«

Das Herz. Seine Blutpumpe. *Punkt.* Oh, nein, denkt Henk plötzlich verbissen, von wegen Punkt. Da fängt das Abenteuer doch erst an. Wenn Schriftsteller und Dichter ihre ganze Sprachmacht auf das Herz loslassen, wird daraus viel mehr als eine Pumpe, es wird zu einer ganzen Landschaft … Was ist das nur mit solchen Menschen wie Saskia – dieser Mangel an Fantasie, dieses verflixte, als Nüchternheit getarnte Verkennen von Poesie? Ach was, Nüchternheit. Jede Kartoffel hat mehr Empathie … Henks Zorn nimmt plötzlich derart bedrohliche Ausmaße an, dass seine gute Laune auf dem Spiel steht, und das ist nicht der

Sinn der Sache, ganz und gar nicht, es gibt überhaupt keinen Grund, sich die Laune verderben zu lassen, also ist es gut, dass er sich rechtzeitig an die Entspannung von vorhin erinnert, als er in den Bus gestiegen ist, und an die er sich jetzt halten sollte. Er lässt die Schultern sinken. Entspannt die Hände. Atmet in den Bauch.

»Ach, der Süße. So ein hübscher Hund. Was für eine Rasse ist es?«

»Ein Kooikerhondje. Eine alte holländische Hunderasse. Man sieht sie manchmal auf Gemälden aus dem Goldenen Zeitalter. Jan Steen und so.«

Die Frau ist älter, als er am Vormittag dachte. Das sagen ihm ihre Augen und ihre Stimme. Er versucht, einen Blick auf ihre Hände zu werfen, um seine Annahme zu überprüfen, es gelingt ihm aber nicht. Oder doch, so könnte es gelingen: Er steht auf und setzt sich neben sie.

»Sonst redet es sich so schwer.«

Sie lächelt. Ihr Gesicht gefällt ihm. Ihre Hände bestätigen ihm, dass sie älter ist, als er zuerst dachte: Sie muss etwa so alt sein wie er. Ihr Geruch steigt Henk in die Nase, wie schon am Vormittag, es ist ein kräftiger Geruch, Garam Massala, so etwas in der Richtung. Es riecht gut. Sie ist wirklich anziehend. Sie hat etwas Sanftes, Fließendes, etwas, woran er sich gerne schmiegen würde. Sie hat sich schöngemacht, auch das sieht er jetzt: Vielleicht hat er sie deshalb nicht gleich erkannt? Das Make-up macht sie – tja, was eigentlich? Jünger? Nein, das nicht. Schöner? Auch nicht. Lebendiger vielleicht? Ja, das ist es: lebendiger. Offensichtlich hat sie etwas Schönes vor. Sie strahlt. Sie ist entschlossen, einen schönen Abend zu verbringen, und das wird sie auch, ob sie nun auf dem Weg ist zu Freunden, ins Museum oder zu einem Konzert, einer Katzenausstellung oder was auch immer, einer Landmaschinenmesse oder so. Doch jetzt verändert sich etwas in ihrem Gesicht. Sie rutscht auf dem Sitz hin und her. Ein leises Unbehagen hat sich breitgemacht, begreift Henk, erst bei ihr, und jetzt auch bei ihm. Natürlich: Er hat sich neben sie gesetzt und seither kein Wort mehr gesagt, das wird langsam unangenehm. Etwas muss gesagt werden. Gedankenlos stürzt Henk sich in einen Satz:

»Gehst du auf eine Landmaschinenmesse?«

»Was? Nein. Wieso?«

»Och, keine Ahnung, ich dachte nur … Früher waren Kooikerhondjes dazu da, Enten in so genannte Vogelkojen zu treiben, um sie dann fangen zu können. *Kooi*, Koje. Und *kooiker* waren Entenfänger. Daher kommt ihr Name.«

»Wie heißt deiner?«

»Schurk.«

»Ein kleiner Schurke also?«

»Ach, eigentlich nicht. Es kommt aus der Zeit, als er ein Welpe war. Und Welpen sind anstrengend. Sie knabbern alles an, Schuhe, Tischbeine, und machen überallhin. Es war erst nur ein Kosename, aber irgendwie ist es dabei geblieben. Aber er hat sich nicht schurkenhaft benommen, er war immer lieb.«

»Er hat einen wahnsinnig lieben Blick.«

Das stimmt. Schurk hat den liebsten Blick der Welt, das steht fest, nur dachte Henk bisher, dass es nur *für ihn* feststeht (und womöglich für Lydia). Deshalb fällt ihm keine Antwort ein.

»Du liebst ihn sicher sehr, oder?«

Was für eine Frage. Sie kommt jedenfalls ohne Umschweife zur Sache. Was soll er in Gottes Namen antworten?

»Mehr als jedes andere Geschöpf.«

Du lieber Himmel. Was ist nur in ihn gefahren? Wer oder was hat sich hier zu Wort gemeldet? Er hat keine Zeit, darüber nachzudenken.

»Schön, zu sehen, dass jemand so hingebungsvoll lieben kann.«

Henk schweigt. Er weiß sich keinen Rat. Die Frau neben ihm geht zu weit. Sie kommt ihm zu nahe. Als hätte sie, das erste Mal bei ihm zu Hause, einfach so die Kühlschranktür aufgerissen. Ist sie verrückt?

»Ich bin Mia«, sagt sie.

»Henk«, sagt Henk.

»Ich gehe zu keiner Landmaschinenmesse, sondern zu einem Konzert. In Loenen, in der Kirche. Zu einem Streichquartett.«

Henk ruft sich die Entspannung in Erinnerung, die Vorteile der Entspannung, die Einfachheit, die die Welt dadurch bekommt, wie die Lebensfreude plötzlich in den Mittelpunkt rückt und wie grundlegend das ist, denn es sind nicht so sehr Essen und Trinken, die uns Antrieb geben, als vielmehr Lebensfreude. Er atmet in den Bauch und lässt sich tiefer in den Sitz sinken.

»Schurk liebt ›Für Elise‹.«

»Wirklich? Woher weißt du das?«

»Wenn ich ›Für Elise‹ auflege, bleibt er reglos sitzen, legt den Kopf schief und hebt die Augenbraue. Das macht er auch bei einem Vers von Mahlers ›Kindertotenliedern‹. Und bei ›Una paloma blanca‹ von der George Baker Selection. Die findet er sowieso ganz toll, von Anfang bis Ende.«

Mia muss lachen. Danach stimmt sie mit sanfter, reiner Stimme einen Vers von Mahler an.

»Nun will die Sonn' so hell aufgeh'n.«

»Da reagiert er noch nicht, aber später, beim letzten Vers« – jetzt singt auch Henk – »Heil sei dem Freudenlicht der Welt. Da horcht er auf. Jedes Mal. Genau an dieser Stelle.«

»Ein musikalischer Hund, sowas … Glaubst du, alle Hunde sind musikalisch?«

»Nein«, sagt Henk entschieden. »Schurk ist der Einzige.«

Sie lacht wieder. Henk schmunzelt. Sie ist nicht verrückt. Sie steckt einfach voller Leben. Sie ist ganz und gar Nicht-Saskia. Vielleicht sind Nicht-Saskias so selten geworden, dass er nicht mehr daran gewöhnt ist und sofort denkt, sie wäre verrückt, wenn ihm eine über den Weg läuft.

»Ich bin auch immer ganz still, wenn ich Musik höre«, sagt sie, »aber ich glaube nicht, dass ich den Kopf schieflege oder die Augenbraue hebe. Du?«

»Hat mir jedenfalls noch niemand gesagt.«

Jetzt kommen sie nach Loenen, und als sie sich der Haltestelle nähern, verstummen sie, vielleicht, weil sie sich fragen, wie sie sich voneinander verabschieden sollen: Wie ist es nach diesem Gespräch eigentlich um ihre Beziehung bestellt und was ist, auf dieser Grundlage, der angemessene Abschied? Es ist wichtig, den richtigen sozialen Code zu wählen. Mit dem Code wird implizit ein Urteil über die Beziehung gefällt, und in diesem Urteil sind alle Möglichkeiten und Unmöglichkeiten ihrer Fortsetzung enthalten. Darum denkt Henk fieberhaft nach. Er möchte die Frau sehr gern wiedersehen. Sie gefällt ihm, er findet sie witzig und anziehend. Wie oft kommt das schon vor? Natürlich fragt er sich, ob seine Gefühle auf Gegenseitigkeit beruhen. Wenn Henk das falsch einschätzt und den falschen Code wählt, riskiert er, dass er die Frau nie wiedersieht. Es gibt eine solche Bandbreite an Möglichkeiten. Er könnte sie zum Beispiel küssen, was er gerne tun würde, doch das würde höchstwahrscheinlich eine negative Reaktion hervorrufen. Am anderen Ende des Spektrums: Sollte er beim Abschied salutieren, würde sie sich wahrscheinlich auch von ihm abwenden. Was ist, zwischen diesen Extremen, der angemessene Code? Soll er ihr die Hand geben? Soll er, wenn er ihr die Hand gibt, seine andere Hand auf ihre Hand legen? Soll er sie umarmen? Ihr seine Telefonnummer geben? Ein Wiedersehen vorschlagen? Ein Treffen in einer Kneipe, später am Abend, so gegen zehn vielleicht? Endlose Möglichkeiten! Wer Henk kennt, kann seine Gedanken dahinjagen sehen. Sein Blick ist unruhig. Die Augenbrauen zucken. Er hat die Finger verknotet und presst die Daumenkuppen aneinander, als wollte er sie plattdrücken.

Der Bus hält an. Die Frau steht auf, legt eine Hand auf die Lehne des Vordersitzes.

»Hier muss ich raus.«

Hastig steht Henk auch auf und macht, ebenfalls hastig, einen Schritt in den Gang, rückwärts, immer noch im

Bann seiner dahinjagenden Gedanken, ihrer Dringlichkeit, der Spannung, die sich jetzt rasend schnell aufbaut, weil die Frau aus der Sitzreihe und in den Gang tritt. Da geht sie schon. Zu spät! Nein, Moment, sie dreht sich um. Sieht ihn an und lächelt, ein liebes Lächeln, warm und lebendig und wirklich sehr lieb, legt ihm die Hand auf die Brust, dorthin, wo viele Männer eine Krawatte tragen, Henk aber so gut wie nie.

»Tschüss, lieber Henk. Gib Schurk ein Küsschen von mir!«

Und weg ist sie. Sie steigt aus, wendet sich nach rechts und verschwindet in einer schmalen Straße. Henk steht noch, als der Bus schon wieder anfährt, und merkt erst jetzt, dass er den linken Arm gestreckt vor sich hält, vollkommen rätselhaft, er hat wirklich keine Ahnung, wie sein Arm sich ohne sein Zutun dahin bewegt hat, aber es ist und bleibt eine Tatsache, sein linker Arm hängt ausgestreckt in der Luft, und diese Tatsache kann er sich bei näherer Betrachtung nur damit erklären, dass er versucht hat, die Frau zurückzuhalten. Ist ihm wohl nicht gelungen. Er hat versagt. Hat sie nicht zurückgehalten. Er hat nichts gesagt, ihr kein Zeichen der Zuneigung gegeben und erst recht nicht seine Telefonnummer, nicht geflüstert, dass er sie wirklich unbedingt wiedersehen möchte.

Versagt? Wenn es weiter nichts wäre. Das war eine Blamage bis auf die Knochen. Er hat sich mit seinen sechsundfünfzig Jahren verhalten wie ein schüchterner Schuljunge. Und als ihm das bewusst wird, lässt er sich auf den Sitz zurücksinken, langsam, niedergeschlagen, die Leere auf dem Sitz neben ihm größer als die Leere des Universums.

***

Also ein Ding, ja? Ja, ein Ding. Bloß ein Ding? Ja, bloß ein Ding. Aber was für eins! Ein poetisches Ding … Ach, wie es dasitzt auf seinem Platz im Bus mit diesem abwesenden Lächeln auf den Lippen. Die Niederlage ist nach ein paar Minuten vergessen, liebevoll überdeckt von der zuckrigen Süße aufsteigender Verliebtheit. Poesie: die fantastische Fähigkeit von Dingen, sich zu verlieben. Sehen wir uns das kurz genauer an: Ein Ding, das sich verliebt … Vielleicht der schönste Transformationsprozess. Mit derselben Leichtigkeit wird ein Ding auch zu Schönheit, zu Genuss, Güte, Ehre, Gerechtigkeit, Erkenntnis, Wissen, Vernunft, zu Mathematik und zum Standardmodell der Teilchenphysik … Ist das nicht großartig? Und ob das großartig ist, findet Henk.

Was das Standardmodell angeht, so hat Henk kürzlich gelernt, dass dieses Modell durch die Entdeckung des Higgs-Teilchens vervollständigt wurde und dass es eine umfassende Beschreibung unserer irdischen Realität erlaubt. Alles, was wir hier auf der Erde kennen, kann mithilfe von Teilchen genau beschrieben werden, nicht im praktischen Sinn natürlich, die reinste Sisyphusarbeit, aber im Prinzip. Ihm stockt der Atem. Alles! Unvorstellbar! Zuerst gibt es den Urknall und diesen Teilchenzauberkasten. Hinterher die Entstehung von Sternen, Galaxien und Planeten, wie die Erde. Danach: die Atmosphäre, die Plattentektonik und das erste Leben. Dann: die komplexe Zelle, Sex und der Homo sapiens. Dann: Bergbau, Autos und tödliche Verkehrsunfälle. Dann: der Tod geliebter

Menschen, Trauer und das Rückbesinnen auf die Lebensfreude. Dann: Philosophie, Kunst und Wissenschaft. Und, welch ein Wunder, auf jeder Ebene behalten die vorherigen Ebenen ihre volle Gültigkeit! Wie beim Schachspiel: die Elementarteilchen sind die Spielsteine und das Standardmodell beschreibt die Spielregeln. Auf dieser Grundlage sind unendlich viele, nein, nicht unendlich, aber erstaunlich viele Partien möglich – Katalanische und Grünfeld-Indische, gute und schlechte Partien, Partien, die drinnen und solche, die draußen gespielt werden, auf der Nord- und auf der Südhalbkugel, von Menschen mit gutem Charakter und solchen mit schlechter Laune und so weiter, in schier endlosen Variationen, aber nie gegen die Spielregeln.

Ein poetisches Ding … der erste Vers des Gedichts, das wir im Bus sehen, ist das abwesende Lächeln auf Henks Gesicht. Der zweite Vers ist der unsichtbare Jubel in seiner Brust, eine Folge seines tanzenden Herzens. Der dritte Vers: die gierig aus dem Gedächtnis gefischten Bilder von Mia, die vor seinem inneren Auge auftauchen, wie er sie genauer betrachtet und immer wieder etwas Neues entdeckt, ihren roten Rock zum Beispiel, der ihr sagenhaft gutsteht (vierter Vers), die eleganten Sandalen und die langen, schlanken Füße darin (fünfter Vers), den zarten Flaum auf ihren Wangen (sechster Vers), den Ohrring in Form eines Notenschlüssels (siebter Vers), den unwiderstehlichen Duft von Garam Massala (achter Vers) …

Der neunte Vers ist, dass er vergisst auszusteigen. Er bemerkt seinen Fehler erst, als der Bus Vreeland hinter sich gelassen hat und den Weg nach Hilversum einschlägt, und ruft: »Stopp!« und, huch, der Busfahrer ist so nett, anzuhalten und ihn rauszulassen, auch wenn da keine Haltestelle ist. Henk geht den Weg zurück ins Dorf. Schon bald gerät er wieder ins Schwitzen, doch das stört ihn nicht. Er geht beschwingt. Wie ein junger Mann. In der Hand hält er einen Stoffbeutel, der mit der Formel des Standardmodells bedruckt ist, darin die Flasche Wein für Freek und Julia und das Buch für Rosa. Er folgt der Spoorlaan, erreicht die Vecht, wo Vergnügungsdampfer unermüdlich für Vergnügen sorgen, überquert die Straße und biegt rechts in die Voorstraat ein. Auf den ersten Blick wirkt Freeks Haus klein, aber von innen ist es erstaunlich geräumig, und es hat außerdem einen weitläufigen Garten. Henk klingelt und begibt sich in das Durcheinander, das zu Anfang solcher Anlässe immer herrscht – so viel los, so viele Menschen, mehr als erwartet, bekannte und unbekannte Gesichter, unübersichtlich die ganze Lage, wo soll er stehen, wo soll er sitzen, wo etwas zu trinken bekommen, ah, danke sehr, wie aufmerksam, Prosecco, sehr schön, und wo steckt Rosa, ach, schau mal, da kommt sie schon.

»Onkelchen!«

Bezaubernd sieht sie aus, seine Nichte, und der Zauber rührt von ihrer Jugend her. Sie ist unbefangen, rein und natürlich. Sie ist fröhlich. Die Sonne sucht nach ihr und lässt ihr Licht auf sie fallen, bringt sie zum Strahlen. Als sie ihn umarmt, duftet es nach Zitronen, aber es ist kein Parfum, sondern der Geruch ihrer Haut. Sie ist siebzehn, und mit ihren siebzehn Jahren könnte sie mit Leichtigkeit die Welt aus den Angeln heben, auch wenn ihr das, Gott sei Dank, nicht bewusst ist. Er umarmt sie so fest, wie er sich traut.

»Du riechst ja gut«, sagt sie.

»Nach Schweiß?«

»Nein, gut, hab ich doch gesagt. Nach indischem Essen irgendwie. Hast du ein neues Aftershave?«

Sie gehen in den Garten. Hinten, vor dem Zaun aus Weidenzweigen, qualmt der Grill. Freek steht in einer dunkelblauen Küchenschürze daneben. Er stochert mit einer Zange in den Kohlen.

»Sieh mal einer an, mein großer Bruder …« Das sagt er gedehnt und mit einem Lächeln, als sollte es ein Witz sein. Vielleicht ist es auch einer, aber Henk wird nie dahinterkommen.

»Du hast das Geburtstagskind schon gefunden, wie ich sehe.«

»Sie mich … Steht dir gut, die Schürze.«

»Danke. Hast du gesehen, was draufsteht?«

Er streicht den Stoff glatt, damit Henk den Text lesen kann. *Mister Good Lookin' is Cookin'.* Henk schmunzelt. Er holt die Weinflasche aus seinem Beutel und reicht sie Freek, der sofort das Etikett studiert. In Ermangelung einer Lesebrille hält er die Flasche von sich weg. Das Lesen erfordert seine ganze Konzentration. Vor lauter Anspannung zieht er die Oberlippe kraus, was ihm einen komischen, kaninchenartigen Ausdruck verleiht.

»Nicht übel«, sagt er dann zu Henk, den er kurioserweise wie über eine imaginäre Lesebrille hinweg ansieht, »gar nicht schlecht. Danke schön.«

Er blickt sich suchend im Garten um und reckt dann die Flasche wie eine Trophäe in die Höhe.

»Guck mal, Julia, ein richtig guter Médoc. Von Henk.«

Julia winkt und spricht dann weiter mit einer kräftigen Frau in einem kurzen, schwarzen Kleid, das am Bauch paillettenbesetzt ist. Um ihre Schultern liegt ein rotes Tuch. Henk erkennt die Töpferin, Janet, nein, Frederique, nein, Sonja, nein, ach egal, jedenfalls hat sie hier im Ort ein Atelier. Sie macht Vasen, die stilisierte Frauenkörper darstellen, ein Sinnbild von Mutter Erde, wenn Henk sich richtig an ihr letztes Gespräch erinnert, das so unglücklich verlief und so unerträglich war wie eine unheilbare Krankheit und das tragisch endete, nämlich mit Henks Entschluss, nie wieder ein Wort mit dieser Frau zu wechseln. Es ist ihm ein Rätsel, wieso Freek und Julia so gut mit ihr befreundet sind.

»Komm«, sagt Henk zu Rosa, »ich habe auch was für dich.«

Sie gehen zurück ins Haus und suchen sich ein ruhiges Plätzchen am Küchentisch. Rosa wickelt das Buch aus und betrachtet es.

»Danke schön. Worum gehts in dem Buch?«

»Um einen Jungen auf der Schwelle … Wie sagt man das? Zum Erwachsenwerden, aber das klingt so ernst.«

»Du meinst einen Coming-of-Age-Roman?«

»Ja, richtig, genau das meine ich. Wie auch immer, dieser Junge verliebt sich in der Schule in ein Mädchen namens Rosa, darum musste ich natürlich an dich denken. Aber ich habe es vor allem gekauft, weil ich ungefähr so alt war wie du, als ich es zum ersten Mal gelesen habe. Ich fand es fantastisch damals. Hoffentlich gefällt es dir auch.«

Er erzählt ihr mehr von der Geschichte. Von der Armut der Schusterfamilie im Amsterdam Ende des neunzehnten Jahrhunderts und von Kees‘ Verträumtheit. Er erzählt ihr vom sogenannten Schwimmbadschritt: Man geht, als fiele man vornüber und schwenkt dabei die Arme hin und her. So ist man sehr schnell und kann das lange und mühelos durchhalten. Den Schluss mag Henk am liebsten – er beschreibt ihn ihr detailliert: Nach einem Schultag geht Kees auf der Straße auf und ab, in der Hoffnung, Rosa zu treffen. Was natürlich passiert. Rosa ist weniger schüchtern als Kees. Ein paar Schritte lang hält sie ihn sogar beim Arm und legt den Kopf an seine Schulter. Kees nimmt seinen ganzen Mut zusammen und greift nach ihrer Hand. Und so gehen sie eine Weile, Hand in Hand, im Gleichtakt nebeneinanderher. Dann erzählt ihr Kees, dass er von der Schule abgeht, um schon ab Montag in einem Büro zu arbeiten, als jüngster Angestellter zwar, aber mit guten Aussichten. Der Leser weiß, dass er das gar nicht will; im Gegenteil, viel lieber würde er weiter zur Schule gehen, aber seine Familie braucht das Geld. Kees beweist Stärke, und das ist womöglich der Kern jedes dieser Coming-of-Age-Romane: wie ein Noch-Kind in die Schuhe eines Beinah-Erwachsenen schlüpft. Äußerlich ist Kees ganz mannhafte Entschlossenheit, innerlich ein Junge, der schon den ganzen Nachmittag eine undefinierbare Wehmut verspürt, die ihn immer wieder fast zum Weinen bringt. Rosa merkt das. Sie hätte gesehen, wie traurig er sei, sagt sie, und sie hätte ihn vorhin im Klassenzimmer leise weinen sehen. Dann fällt sie ihm plötzlich um den Hals und küsst ihn auf die Wange, dicht neben den Mund, zwei, drei Mal. *Mein Feiner, mein Lieber!* Danach reißt sie sich los, sucht das Weite. Kees sieht ihr nach. Mit einem lachenden und einem weinenden Auge.

»Und dann«, sagt Henk, »kommt die letzte Szene, da muss ich jedes Mal weinen. Rosa ist also weggerannt. Kees geht nach Hause und kommt zu einer ruhigen, dunklen Gracht. Er hört Musik, ‚eine frohe, schallende Musik'. So stehts im Buch. Und er fühlt sich ‚wie ein Anführer', ‚stolz und gewiss und glücklich'. Das steht da auch so. Und dann kommt der letzte Satz. Gib mir mal das Buch. Hier, hör mal: ‚Und die Leute, die an ihm vorbeikamen, wussten nicht, dass dort ein Junge ging, der alles fertigbrächte, nachdem er einmal angefangen hatte; dachten, er wäre einfach so ein gewöhnlicher Junge, ein Junge noch ohne Geschichte, ein Junge, der einfach so dort entlangging'. Ist das nicht … Das ist doch … Ich meine …«

»Ach, Onkelchen, nicht doch.«

»Tut mir leid.«

Da sitzen sie dann, Henk groß und unbeholfen, Rosa jung und bezaubernd. Sie legt ihm die Hand auf den Arm.

»Ich fange es gleich morgen an.«

Er nickt. Fragt sich, warum ihn diese Sätze so treffen, ausgerechnet jetzt, ausgerechnet hier, in diesem erfolgreichen, wohlhabenden Haushalt, wo es höchst unangebracht ist, derart herumzuschniefen. Er wird alt, das ist es, alt und sentimental. Rosas strahlende Jugend macht sein Alter gnadenlos sichtbar. Wird er alt? Er *ist* alt. Der weitaus größte Teil seines Lebens ist vorbei. Weg. Flöten gegangen. Mit etwas Glück (und einer Diät) hat er noch fünfundzwanzig Jahre vor sich und dann ist Schluss. Noch fünfundzwanzig Jahre und das wars. Fünfundzwanzig Jahre!

Abwesend trocknet er sich die Augen mit einem Papiertaschentuch, das Rosa ihm gereicht hat, auf einmal beschwingt von einem neuen Gedanken, der ihm beim Überschlagen seiner Lebenserwartung gekommen ist. Wenn ihm nur noch fünfundzwanzig Jahre bleiben, na, dann hat er keine Zeit zu verlieren! Dann heißt es, das Leben beim Schopf packen und nicht mehr loslassen. Neue Energie steigt in ihm auf. Am liebsten würde er sofort aufstehen und allen hier feierlich die Hand geben, aber das lässt er lieber bleiben. Er schnäuzt sich und lächelt Rosa zu. Er atmet auf. Denkt: keine Zeit verlieren. Denkt: das Leben beim Schopf packen und nicht mehr loslassen. Und dann denkt er: *Gleich bei Mia vorbeigehen …*

Julia tritt mit der beneidenswerten Leichtigkeit einer guten Gastgeberin in die Küche. Sie hält ihm eine Flasche mit perlendem Prosecco hin.

»Henk, mein Lieber, willst du noch einen Schluck?«

*Und sie küssen …*

»Feiner Tropfen übrigens, der Médoc. Den lieben wir. Bitte sehr.«

*Und sie ausziehen …*

»Du, ich schenk allen noch mal nach, aber dann musst du mir unbedingt erzählen, wie es dir geht. Versprochen?«

*Und in sie eindringen …*

Wie bitte? Vor lauter Schreck schiebt er seinen Stuhl ruckartig nach hinten gegen die Anrichte, in der offenbar – er hört ein leises Klirren – einige Gläser stehen, und kurz droht ein Missgeschick, splitterndes Glas, sich umwendende Köpfe, jemand, der mit Kehrblech und Feger zu Hilfe eilt, aber nichts von alledem passiert, die Gläser bleiben schlicht und ergreifend stehen.

»Komm«, sagt Rosa.

Sie zieht ihn hinter sich her in den Garten. Hier und da stellt sie ihn jemandem vor. Er redet, nickt. Intensivpfleger. Nein, so schlimm ist es nicht, Leid gibt es doch überall. Und selbst? Personaler. Ah. Er trinkt einen Schluck. Rosa verschwindet. Er wandert herum. Entdeckt die Töpferin. Duckt sich weg. Die Sonne sinkt, aber die Hitze lässt nur wenig nach. Freek hantiert in den Rauchschwaden beim Grill. Intensivpfleger, genau. Nein, nein, so schlimm ist es wirklich nicht, die meisten kommen lebend aus dem Krankenhaus und sterben erst zu Hause, haha. Freek drückt ihm einen Plastikteller mit einem Stück Fleisch in die Hand. Er isst. Er trinkt. Er wandert herum. Da ist Rosa ja wieder. Sie winkt. Er winkt zurück. Sie ist bezaubernd. Er fühlt sich einsam. Er stößt mit Julia zusammen. Sie erzählt von einem Problem auf der Arbeit, lässt ihn aber mitten in der Geschichte stehen. Er trinkt weiter. Er trinkt ziemlich viel. Intensivpfleger? Nein, Personaler. Er wandert herum. Da ist wieder die Töpferin, aber noch ist er wachsam genug, um sich geschickt zwischen den Gästen durchzuschlängeln, und weg ist er, der Henk. Er geht rein und sucht Schutz im verlassenen Wohnzimmer und trinkt noch etwas.

Oh ja, denkt er, keine Frage, während sich der Alkohol schwungvoll einen Weg durch sein Blut bahnt.

Könnte er doch nur in die eindringen.

***

»Sag mal, wenn ich es nicht besser wüsste, würde ich meinen, du gehst mir aus dem Weg!«

Wirklich: Es ist ihm ein absolutes Rätsel, wieso Freek und Julia mit ihr befreundet sind. Die Töpferin kommt zwei- oder dreimal die Woche zum Abendessen, und im Haus stehen mindestens drei ihrer scheußlichen Vasen. Sie fährt regelmäßig in das Ferienhaus in Frankreich mit. Dort auf dem Grundstück arbeitet sie, wie er von Rosa weiß, *nackt* bis auf eine Schürze. Rosa kicherte bei der Beschreibung der kräftigen, puderweißen Pobacken, die bei jeder Fußbewegung, mit der sie die Töpferscheibe in Schwung brachte, leicht wabbelten. Jetzt, da sie vor ihm steht – fast so groß wie er, in diesem schwarzen Kleid mit den elenden Pailletten auf dem gewölbten Bauch, in der Hüfte eingeknickt wie ein junges Mädchen, eine Hand in die Seite gestemmt – sieht er die puderweißen Pobacken, ihr leichtes Wabbeln, deutlich vor sich, wie eine Mahnung. Ist Freek scharf auf die Töpferin? Ist Julia scharf auf die Töpferin? Haben sie irgendeine, meine Güte, wie soll Henk das ausdrücken, ohne dass es ihn schüttelt, ein irgendwie geartetes sexuelles Verhältnis miteinander?

»Na, wie geht es Freeks großem Bruder?«

»Der ist tot.«

Es ist ganz egal, was er sagt. Sie wird sowieso gleich anfangen, von sich zu erzählen, von ihren verfluchten Vasen, und nicht mehr damit aufhören, bis er ihr eins überzieht, Entschuldigung!, bis es ihm gelingt, sich mit einer Ausrede, die gerade noch so den höflichen Umgangsformen entspricht, aus dem Staub zu machen.

»Hast du zu viel getrunken?«

Henk findet es total witzig, zu beobachten, wie sie bei dieser Frage die Augen zusammenkneift und ihr ganzes, ziemlich fleischiges Gesicht einen Ausdruck tiefen Misstrauens annimmt. Plötzlich erkennt er, wie es zu einer durchaus fruchtbaren oder besser gesagt amüsanten Unterhaltung mit ihr kommen kann. Er muss Verwirrung stiften. Worte wählen, die im Bereich des Üblichen, des Höflichen, Schicklichen, Rationalen, Konventionellen, Sozialen und Akzeptablen liegen, die aber haarscharf an den Erwartungen vorbeischrammen, und trotzdem keine Geistesschwäche suggerieren; sie wird nicht weiterwissen und ihr massiges Gesicht, vergeblich auf der Suche nach der passenden Mimik, wird rasend schnell von einem Ausdruck zum nächsten wechseln, bis sie vor Erschöpfung in einen expressiven Limbus gerät, jeder Ausdruck ist gelöscht, es bleibt höchstens ein Rest jener Verblüffung, mit der sich einst die ersten Menschen umgesehen hatten. Aber nein, es ist zu spät.

»In letzter Zeit male ich. Akte. Geschmackvoll natürlich. Ich hätte gerne, dass du für mich posierst. Du bist für so was zu haben, sagt Freek.«

Der Dreckskerl. Henks Blick schweift durch die offene Schiebetür nach draußen, in den Garten, wo hinten beim Grill immer noch Rauchschwaden zu sehen sind, die sich vor dem mittlerweile abendlichen Himmel abzeichnen. Freek sieht er nicht, aber Rosa. Sie schmiegt sich an einen großen, dünnen Jungen, hat ihm einen Arm um die Taille gelegt. Die beiden unterhalten sich angeregt. Mit dem anderen Arm gestikuliert sie. Dann sieht sie ihn. Winkt. Er winkt zurück. Dann schaut sie nochmal rüber, lächelt breit und tippt sich spielerisch an den Po.

»Wenn du mal im Atelier vorbeikommst, kann ich dir meine Arbeiten zeigen. Weißt du, wo mein Atelier ist?

Hier die Straße lang … Ach, weißt du was? Wir können eigentlich kurz hingehen, es ist nicht weit.«

Jetzt gilt es, rasch und entschieden zu handeln. Obwohl die Töpferin immer noch vor Henk steht, Hüftknick, Hand in der Taille, ist sie doch schon auf halbem Weg zur Tür, um ihn in ihr Atelier zu dirigieren, und so weit darf es auf keinen Fall kommen. Aus der jetzigen Situation darf unter keinen Umständen eine werden, in der er allein mit der Töpferin ist.

»Nein«, sagt er also, »das geht nicht. Ich will noch mit Rosa reden. Und mit Freek. Und ich habe noch eine andere Verabredung, später am Abend, mit einer besonders anziehenden Frau. Außerdem muss ich pinkeln. Entschuldigung.«

Und weg ist er! Wenn es sein muss, ist Henk schnell. Und leichtfüßig: der reinste Athlet. Er steht schon im Flur, neben dem Gästeklo, als ihm die Treppe ins Auge fällt; oben gibt es ein weiteres Klo und das erscheint ihm plötzlich viel sicherer, also geht er die Treppe hoch, immer noch leichtfüßig, nimmt zwei Stufen auf einmal, schon ist da der Treppenabsatz, und da das Klo, hier, so. Abschließen. Er ist gerettet. Und betrunken, auch das, ihm ist sogar ein bisschen schwindlig, also setzt er sich auf den Klodeckel. Womöglich fällt ihm dank seiner Haltung auf, dass er wirklich pinkeln muss, also steht er wieder auf, öffnet den Klodeckel, zieht die Hose runter und setzt sich wieder. Er hat sich das Pinkeln so lange verkniffen, dass seine Blase verkrampft ist und nur ein mickriger Winzstrahl rauskommt, etwas, was seit einigen Jahren einen meist flüchtigen Gedanken an eine verengte Prostata hervorruft; aber er pinkelt, und beim Pinkeln wird der Strahl kräftiger, das ist gut. Jetzt, im Sitzen, merkt er erst, wie müde er ist. Er nimmt den Kopf in die Hände und schließt die Augen. Das ist angenehm. Nach und nach fließt die Spannung ab, die sich beim Gespräch mit der Töpferin aufgebaut hat, und gleich darauf erinnert er sich wieder an die Entspannung im Bus, die gelassene, gefasste und schlichte Ruhe, die die Welt zum Leuchten und letztlich Mia zu ihm gebracht hat. Wo sie jetzt wohl ist? Ob das Konzert schon vorbei ist? War es schön? Hat sie an ihn gedacht? Riecht sie immer noch so gut? Hat sie schon gegessen? Und wenn ja, was? Fällt ihr auf, wie schön das Abendlicht ist? Er greift zu seinem Handy, schaut darauf, in der magischen Hoffnung, von ihr zu lesen. *Wie wärs mit einem Drink?* Ja, gerne, und danach nach Hause, ins Bett, mit dir, damit ich in dich eindringen kann.

Ach, Henk. Er wäscht sich die Hände und betrachtet sich im Spiegel. Das bin also ich, denkt er. Sieht ganz danach aus.

Zurück auf dem Treppenabsatz dringt der Lärm der Party zu ihm hoch. Er sieht durch ein offenes Dachfenster in den Garten hinunter. Da steht Freek mit seiner Schürze, in ein Gespräch vertieft, und isst von einem Plastikteller, macht in diesem Moment eine Bewegung, an der man so einen Anlass sofort erkennen würde, selbst ohne das Drumherum: ein rasend schnelles Vornüberbeugen, um nach dem Stück Fleisch zu schnappen, das um ein Haar von der Gabel gerutscht wäre, weil der Plastikteller nachgegeben hat, als er mit der Gabel in das Fleisch gepikt hat und es deshalb nicht richtig fest steckt und auf halbem Weg zum Mund zu fallen droht, womöglich auf den Rasen. Geschafft. Freek richtet sich wieder auf, kaut, nickt und wischt sich mit dem Handrücken über die Lippen – die Sauce um den Mund ist der Preis für die gehetzte, improvisierte Art, Fleisch zu essen. Er hat, wie Henk nicht zum ersten Mal bemerkt, Ähnlichkeit mit Jan. Groß, schlank, schlaksig. Jan war in einem besetzten Haus gestorben – ausgezehrt und krank, hoffnungslos, allein, kaputt. Für fast alle war sein Tod eine Erleichterung, das Ende von jahrzehntelangem Leid, von einem tiefen Elend für Jan, aber auch für alle, die mit ihm zu tun hatten. Die Psychosen, die Drogen, das Stehlen und Lügen, die Gewalt, seine stets schlechter werdende Gesundheit, die Selbstmordversuche, die Fast-Überdosen, na ja, es gibt keinen Grund, ein solches Leben noch einmal in aller Ausführlichkeit zu beschreiben, das ist schon oft genug geschehen. Der springende Punkt ist: Die allgemeine Erleichterung nach seinem Tod kann man sich gut vorstellen. Außerdem: Was Henk und Freek in den folgenden Monaten miteinander verband, war die Tatsache, dass sie keine Erleichterung verspürten. Im Gegenteil, sie fühlten sich erdrückt von diesem kollektiven Aufatmen, von der allgemeinen Ruhe und Akzeptanz in den Tagen und Wochen nach Jans Tod – wo blieb der Protest? Die Wut? Das Aufbegehren angesichts eines so grausamen Schicksals? Sie waren traurig: Sie hatten ihren großen Bruder verloren.

Freek, sieht er, schlängelt sich jetzt durch die Menge, zurück zum Grill. Hier legt er eine Hand auf eine Schulter, da macht er einen Scherz, wie ein Politiker, der sich einen Weg durch die Anhängerschaft bahnt, vor zur

Rednerbühne, um dort eine Runde zu lügen. Von der Terrasse aus nimmt die Töpferin die Verfolgung auf, und weil Henk gerade an einen Politiker dachte, denkt er jetzt an Travis, in *Taxi Driver*: mit kahlrasiertem Schädel, starrem Lächeln und einer Pistole in der Tasche auf dem Weg zum Politiker, um dessen Lügen ein für alle Mal ein Ende zu setzen. Die Gartenparty wird also plötzlich spannend. Freek ist schon fast wieder beim Grill, doch die Töpferin ist ihm auf den Fersen, schlängelt sich hinter ihm durch die Menge, roboterhaft, fixiert auf den Mann, der womöglich ihr Liebhaber ist, oder der zusieht, wenn sie und Julia – stopp, nicht dran denken. Das Blutbad bleibt aus. Mitten im Garten wird die Töpferin plötzlich von einem kleinen Kreis verschluckt wie ein Spermium von einer Eizelle und stürzt sich blitzschnell in eine angeregte Unterhaltung, als wäre tatsächlich neues Leben entstanden. Ein paar Meter weiter hat Freek schon die nächste Ladung Fleisch auf den Grill gepackt, ohne zu wissen, dass er gerade entkommen ist, und ist konzentriert bei der Arbeit.

Ihr großer Bruder. Wenn sie auf Jan zu sprechen kamen, dann war es nie der Jan, den sie hatten abrutschen sehen, sondern der große Bruder, der er einmal gewesen war, mit dreizehn, vierzehn Jahren, an dem See in der Nähe etwa, auf den er sich mit einer alten Tür als Floß aufs Wasser wagte, während Henk und Freek am Ufer standen und zusahen, ängstlich, aufgeregt, aber auch stolz. Er fiel ins eiskalte Wasser, tauchte aber wieder auf und kletterte zurück auf sein Floß und strahlte die beiden aufgeregten Jungs am schlammigen Ufer an. Als Jan starb, waren ihre Eltern schon seit Jahren tot. Seinen Freunden war er längst fremd geworden. Niemand erinnerte sich noch mit Stolz an ihn, nur Henk und Freek, seine kleinen Brüder. Das war es also vielleicht. Ihr Stolz, dieses Große-Bruder-Gefühl, das sich immer noch hervorrufen ließ und ihnen jede Form von Erleichterung zuwider machte, das Trauern überhaupt erst ermöglichte und sie miteinander verband.

Und Henk, der noch immer an diesem Dachfenster steht und in den Garten schaut, aber in Gedanken versunken ist und kaum etwas registriert, fühlt wieder, was er heute schon einmal gefühlt hat, am Vormittag, nach dem Telefonat mit Freek: den Wunsch, seinem Bruder näher zu sein; die Sehnsucht, ihn mehr zu lieben, als er es tut; das Bedürfnis, die Zeit zurückzudrehen bis zu dem Moment, als sie anfingen auseinanderzudriften, und an diesem Punkt einzuschreiten, eine andere, bessere Entscheidung zu treffen, um nicht hier stehen zu müssen, allein mit diesen Gedanken.

***

Er ist in Rosas Zimmer gelandet. Es ist nicht ganz klar, wie und warum. War er noch mal unten? Hatte er noch mehr Wein geholt? Ja, offensichtlich: Er hat ein volles Glas in der Hand, und zu seinen Füßen steht eine fast volle Flasche. Aber warum ist er wieder hochgegangen und hat die Tür von Rosas Zimmer geöffnet und sitzt jetzt auf ihrem Bett? Henk weiß es nicht, aber es ist ihm auch egal. Er sitzt auf Rosas Bett und trinkt Wein. Punkt. Der Wein ist übrigens der Médoc, den er Freek mitgebracht hat, den er, ach ja, jetzt fällt es ihm wieder ein, auf der Anrichte hat stehen sehen, geöffnet und mit nach oben genommen hat. Prima, das wäre also geklärt. Der Wein ist in Ordnung, Gott sei Dank, nichts ist deprimierender, als teuren Wein zu kaufen und ihn dann nicht genießen zu können. Er schnuppert daran. Ein wenig Kirsche, ein Hauch von Rosen. So etwas sagt Freek, ohne mit der Wimper zu zucken, und Henk beneidet ihn um seine Hemmungslosigkeit, die Freiheit, den Raum, die so entstehen. Das sieht man an der Art, wie er sich bewegt, an seiner Lockerheit, seiner Lässigkeit.

Himmel, ist er müde. Er nimmt einen Schluck. Mhm! Ein bisschen Möse, ein bisschen Titte. Das ist, findet er, ein guter Augenblick, um noch einmal zu überlegen, ob Freek, Julia und die Töpferin ein sexuelles Verhältnis haben. Um es deutlicher zu formulieren: Treiben sie es miteinander? Oder, noch deutlicher: Stellt Freek ihr, den Penis im Anschlag, in ihrem Ferienhaus in Frankreich nach und greift ihr an den leicht wabbelnden –

Nein. Themenwechsel. Mehr Wein. Das Buch, das er Rosa geschenkt hat, liegt auf ihrem Schreibtisch, sieht er. Auf dem Schreibtisch herrscht Chaos. Rosas ganzes Zimmer ist ein einziges Chaos. Sagt das etwas über sie aus? Lydias Schreibtisch und ihr Arbeitszimmer waren auch immer unglaublich chaotisch. Ab und zu hatte sie versucht aufzuräumen. Was nicht gelang. Sie scheiterte immer wieder daran, sich ein System auszudenken, eine makellose Ordnung durch Ablagefächer, Ordner und Regale, in die sie all ihre Bücher und Unterlagen (und Taschentücher und Kaugummipackungen und Zahnseide und Paracetamol und Damenbinden) einsortieren könnte. Es wurde nie etwas daraus. Und möglicherweise existieren solche Systeme auch nicht. Die Welt neigt auf irritierende Weise dazu, immer lose Enden, ausgefranste Ränder oder einen letzten Rest übrig zu lassen, die dann aus reiner Verzweiflung unter *Sonstiges* abgelegt werden. Sonstiges: Der Begriff verrät einiges über unsere Wirklichkeit. Lose Enden, vermutet Henk, ergeben sich aus dem zweiten Hauptsatz, dem über die ständig zunehmende Entropie, sind also völlig normal, ja, sogar notwendig, sie können aber sagenhaft störend sein. Zum Glück hat sich Lydia nie lange daran gestört. Sie hat dann weitergearbeitet und das Chaos stetig wieder zugenommen. Aber das Chaos in Rosas Zimmer? Tja, sie ist eben siebzehn.

So wandern Henks Gedanken umher, ohne roten Faden oder Zusammenhang, nicht besonders interessant, bloß eine Folge der beträchtlichen Menge Alkohol in seinem Blut. Inzwischen ist sein Blick an einem Gegenstand auf dem Regal über Rosas Schreibtisch hängen geblieben, einem wichtigen Gegenstand, aber das ist noch nicht zu ihm durchgedrungen. Der Gegenstand hat eine schöne stilisierte Form und ist aus Holz und Seil.

Im hereinfallenden Sonnenlicht sieht es aus, als könnte sich der Gegenstand im nächsten Moment bewegen.

Das Holzpferd! Henk stellt sein Glas ab und steht auf, nimmt das Pferd vom Regal und mustert es und muss an sich halten, um es nicht zu streicheln, so froh ist er, so glücklich und gerührt, dass der verloren geglaubte Schatz noch da ist, ausgerechnet bei Rosa, seiner bezaubernden Nichte, und ach, sieh an, jetzt passiert es doch: Er streichelt das Pferd. Er drückt es an seine breite Brust und schließt die Augen und *schmust* tatsächlich mit dem wirklich rührenden Holztier.

Henks Freude ist groß, und das liegt nicht nur am Alkohol. Das Pferd wurde nicht achtlos weggeworfen, sondern aufbewahrt, ausgerechnet von Rosa. Er zweifelt keine Sekunde daran, dass seine Nichte das Holzpferd von Zeit zu Zeit mit großer Aufmerksamkeit betrachtet. Das tut ihr sicher gut. Durch richtiges Hinschauen verankert sie die selbstersonnene Geschichte, in der sie sich bewegt, in der Realität und verhindert damit, dass ihre Geschichte abtreibt, ziellos herumdümpelt oder gar zu einer Täuschung wird. Richtig hinschauen ist ein *reality check.* Aber für Henk ist es mehr als das. Es ist auch eine Frage der Integrität, der intellektuellen Aufrichtigkeit. Was zählt, ist die Wahrheit, und das Bemühen um die Wahrheit hat etwas Edles. Es ist also ein edles Unterfangen, hin und wieder richtig hinzuschauen, hinter jede Geschichte, um zu sehen, was man da eigentlich sieht. Und zum Beispiel festzustellen, dass das Pferd aus hellem Holz ist, vielleicht Birne; dass das Holz an der Flanke eine Macke hat und dass die Beschädigung, wenn man darauf achtet, ein zugegebenermaßen unbestimmtes, aber echtes Gefühl von Mitleid hervorruft; dass die Mähne in Büscheln aus aufgeribbeltem Seil in kleinen Bohrlöchern am Hals steckt, von denen zwei mittlerweile kein Seil mehr enthalten; dass der Schweif geflochten ist, sich am Ende aber aufgelöst hat und genauso aufgeribbelt ist wie die Mähne.

»Was machst du da?«

Rosa steht in der offenen Tür. Sie sieht belustigt aus. Offensichtlich ist sie weder schockiert noch überrascht oder irritiert, dass Henk ihre Privatsphäre verletzt hat. Sie findet amüsant, was sie sieht, was es ja auch ist.

Außerdem ist sie beschwipst. Sie hat ein paar Gläser Wein getrunken – heimlich natürlich, hinter dem Rücken ihres Vaters – und spürt den herrlichen Rausch des Alkohols, die Unbeschwertheit, die Leichtigkeit, die Einfachheit, und auch deswegen sieht sie nichts weiter als eine amüsante Szene – ihren Lieblingsonkel, der das Holzpferd zärtlich an sich drückt.

»Weißt du, dass du sehr glücklich aussiehst, Onkelchen?«

Auch Henk ist betrunken. Rosas plötzliches Auftauchen hat ihn nicht erschreckt, und er ist kein bisschen verlegen. Lächelnd sagt er: »Das bin ich wirklich. Sieh mal, das Holzpferd! Das hat meinen Eltern gehört, und ich dachte schon, es wäre weg, verloren gegangen, und jetzt ist es auf einmal wieder da. Ist das nicht wunderbar?«

»Wusstest du nicht, dass ich es habe?«

»Ich hatte keine Ahnung.«

»Früher stand es bei Papa im Büro, und ich habe als Kind oft damit gespielt. Als ich zwölf war, hat er es mir geschenkt. Ist es nicht süß?«

»Sehr süß. Wusstest du, dass es meinen Eltern gehört hat?«

»Opa und Oma, ja. Sag mal, willst du da so stehen bleiben?«

Henk setzt sich hin, das Pferd nun nicht mehr an der Brust, sondern auf dem Schoß. Rosa setzt sich neben ihn. Sie reibt sich die Nase und kichert.

»Ich bin ein bisschen betrunken.«

»Ich auch.«

»Ja, dachte ich mir schon. Wie viel hast du getrunken?«

»Das ist die falsche Frage. Die richtige ist, wie viel ich noch trinken werde.«

Er beugt sich zur Flasche vor und hält sie hoch.

»Da ist noch eine ganze Menge drin. Willst du das alles austrinken?«

»Keine Ahnung. Aber ich finde, so eine fast volle Flasche hat etwas ungemein Beruhigendes. Da habe ich das Gefühl, nicht auf dem Trockenen zu sitzen. Und dass da unten all das Essen ist, das ganze Fleisch. Das finde ich auch beruhigend. Überfluss. Das heißt, dass wir weit entfernt sind von Hunger und Durst und einem elenden Ende.«

»Krass, du bist ja richtig betrunken. Weißt du was? Ich wollte mal kurz die Augen zumachen. Machst du mit?«

»Hat dein Freund nichts dagegen?«

»Wieso? Du willst doch bestimmt nicht mit mir knutschen?«

»Nein, natürlich nicht.«

»Na dann.«

»Okay, dann machen wir kurz die Augen zu.«

Henk stellt das Pferd auf Rosas Schreibtisch und legt sich hin. Rosa legt sich neben ihn. Es passt gerade so. Rosa hat ein Einzelbett, und normalerweise wäre es unangenehm, so dicht nebeneinander zu liegen, aber durch den Alkohol ist das überhaupt kein Problem. Im Gegenteil, sie finden es beide sehr gemütlich.

»Rosa?«

»Ja?«

»Ich bin verliebt.«

»Echt? Das ist ja mega! In wen? Sag nicht in Gloria!«

Ach ja, Gloria, so heißt die Töpferin. Ihr Name taucht vor ihm auf, in geschwungener Mädchenschrift, mit Pailletten verziert.

»Du lieber Himmel, nein!«

»Sie hat einen schönen Hintern …«

Sie kichern.

»Rosa, glaubst du, dass dein Vater …«

»Was?«

»Na, dass dein Vater … und deine Mutter vielleicht auch … Mit Gloria, meine ich … Wie soll ich sagen …«

»Was?«

»Dass sie ein sexuelles Verhältnis haben?«

»Nein! Hilfe! Henk!«

»Oh, tut mir leid, auf einmal dachte ich, und … tut mir wirklich leid. Vergiss es.«

»Warum hast du das bloß gesagt? Jetzt habe ich das Bild vor Augen!«

Rosa hält sich die Hände vors Gesicht, als wollte sie sich vor dem Bild schützen. Auch Henk kann an nichts anderes mehr denken, und erneut steht der puderweiße Hintern der Töpferin im Zentrum seiner Aufmerksamkeit. Das leichte Wabbeln. Wirklich keine schöne Vorstellung. Zu seiner Bestürzung sieht er vor seinem inneren Auge nun auch das Bild ihrer Arbeitsschürze, deren Bänder in großen Schlaufen zu einer Schleife gebunden sind, und die Schlaufen wiederum sehen aus, als wollten sie die Pobacken parodieren. Er muss lachen. Rosa trommelt ihm auf die Brust.

»Nein! Nein!«

Trotzdem kann Rosa nicht anders, als unkontrolliert mitzulachen. Es dauert eine Weile, bis sie sich beide wieder beruhigt haben, doch in dieser Zeit ist etwas geschehen, was sich kaum beschreiben und in seiner Unbestimmtheit nur andeuten lässt, was Henk und Rosa einander aber näherbringt.

»Sie heißt Mia«, sagt Henk ruhig.

Rosa stützt sich auf, um ihn ansehen zu können. Sie hat rote Flecken im Gesicht.

»Mia. Schöner Name. Los, erzähl, ich will alles von ihr wissen.«

»So viel gibts nicht zu erzählen. Ich habe sie im Bus kennengelernt. Wobei, nein, das stimmt nicht, das erste Mal habe ich sie heute Vormittag getroffen, als ich mit Schurk spazieren war, sie wohnt in einem Hausboot. Aber heute Nachmittag, auf dem Weg hierher, habe ich sie im Bus wiedergesehen.«

»Mehr nicht? Und schon bist du verliebt?«

»Ja. Sie ist sehr lieb.«

»Das ist genau, was du brauchst.«

»Findest du?«

»Ja. Eine Frau, die dich einfach liebhat, so wie du bist.« Sie pikt ihm zweimal den Finger in die Brust. »Du. Henk.« Danach fragt sie: »Wie sieht sie aus?«

»So alt wie ich, langes graues Haar, schlank. Nicht sehr groß. Sie hat wunderschöne Augen. Grün, glaube ich. Sie sieht aus wie Patti Smith. Kennst du die?«

»Nein.«

»Eine tolle Sängerin. Und schön dazu. Mia sieht ihr ähnlich, nur zarter, feiner.«

»Klingt gut.«

»Sag mal ...«

»Was?«

»Na ja, ich muss die ganze Zeit daran denken, dass ich gerne …«

»Was?«

»Ich trau mich nicht, es auszusprechen …«

»Spucks aus, das ist immer das Beste.«

»Stimmt. Also gut, ich wäre so gerne in ihr.«

»Logisch, du bist total verliebt in sie.«

»Ach, du findest das also nicht seltsam?«

»Nein.«

»Oder dreist?«

»Nein.«

»Schlimm?«

»Nein.«

»Peinlich?«

»Nein.«

»Sexistisch?«

»Natürlich nicht!«

»Nein?«

»Nein. Ist es das erste Mal? Dass du verliebt bist? Seit Lydia?«

»Ja, ich glaube schon. Bist du auch so müde? Ich bin todmüde.«

»Ich auch. Darum wollte ich mich kurz hinlegen. Hast du was mit ihr ausgemacht?«

»Nein.«

»Warum nicht? Hast du ihre Nummer?«

»Nein.«

»Insta? Facebook? Twitter?«

»Nein, nein, nein.«

»Na toll. Weißt du wenigstens, wo sie wohnt?«

»Ja.«

»Gut. Dann geh bei ihr vorbei. Wann machst du das?«

»Weiß ich nicht.«

»Heute natürlich. Nachher. Jetzt gleich.«

»Jetzt bin ich hier. Aber nachher vielleicht, ja. Wie spät ist es eigentlich?«

»Irgendwas zwischen sieben und neun.«

»Ich muss nur kurz die Augen zumachen.«

»Hab ich längst.«

***

Sie fallen in einen leichten Schlaf, Onkel Henk und seine Nichte Rosa, vielleicht ist es eher ein Rausch als echter Schlaf, aber wie auch immer, da liegen sie. Es ist ein rührender Anblick, die zwei, der große Mann und das zierliche Mädchen so innig, so entspannt auf dem Einzelbett. Die Abendsonne ist so gütig, die Szene in ein rosiges Licht zu tauchen. Das kleine Holzpferd auf dem Schreibtisch sieht das, und man kann sich gut vorstellen, dass es jetzt selbst schaut, richtig hinschaut, und die edle Anstrengung unternimmt, zu sehen, was da wirklich zu sehen ist. Zweifellos sieht es die Vertrautheit der beiden, und vielleicht versteht es, dass Onkel und Nichte sich in den letzten Minuten – auf sehr gute Weise – nähergekommen sind. Das haben sie noch nicht gemerkt. Dieses Bewusstsein wird erst in den kommenden Tagen und Wochen entstehen und schließlich in Freundschaft münden, einer Freundschaft, die ein ganzes Leben hält, bis zu dem Tag, an dem Henk stirbt. Ja, so wird das sein. Und wenn er stirbt, steinalt, mit sage und schreibe dreiundneunzig Jahren, am Ende eines Winters, wird Rosa bei ihm sein. Dann tupft sie ihm den Schweiß von der Stirn, hält ihm den Strohhalm zum Trinken hin, streicht ihm sanft über den kahlen Schädel. Sie wird sehen, dass er Schmerzen hat, und eigenständig die Morphindosis erhöhen, wie er es sich gewünscht hat. Dann sieht sie, dass er sich auf den Tod freut, auf das Sterben an sich natürlich nicht, aber vor dem Gestorben-Sein hat er keine Angst, und das lindert ihre eigene Angst vor dem Tod. Wenige Tage nach seinem Tod wird sie an seinem Grab stehen. Sie trägt ein Gedicht von Fernando Pessoa vor, weil sie weiß, dass er das Gedicht geliebt hat.

*Wenn der Frühling kommt,*
*und ich sollte schon tot sein,*
*werden die Blumen blühen wie immer*
*Und die Bäume …*

Es wird regnen, ein kühler, nasser Schauer, ein Vorbote des Frühlings, und sie überlässt sich dem Regen, während Pessoas Verse noch eine Weile in ihr nachklingen und der Sarg in das Grab sinkt, bis sie ihn nicht mehr sehen kann. Auch Rosa wird altern. Sie hört seine Stimme noch oft. Manchmal muss sie lachen, allein beim Gedanken an ihn. Hin und wieder weint sie. Sie wird die Erfahrung machen, dass Zeit nicht alle Wunden heilt, dass mancher Kummer bestehen bleibt, wenn auch in immer neuer Gestalt.

Das kleine Pferd sieht auch, wie schön Rosa ist, nicht nur dank ihrer Jugend, sondern weil sie wirklich schön ist, ganz zierlich und makellos, ganz zart, aber ohne kindliche Züge. Übrigens ist auch Henk ein ziemlich gutaussehender Mann, oder war das früher, nein, er ist es immer noch, aber man muss sich schon ein bisschen anstrengen, um es zu sehen. Henks Schönheit liegt in seinen ausdrucksvollen Augen und den Augenbrauen, über die sein Gemüt streicht wie der Wind über das Wasser. Henk zeigt immer sein wahres Gesicht, ob er will oder nicht, ob es ihm bewusst ist oder nicht, und das war Mia an jenem Morgen schnell klar geworden. Sie hatte ihre Pflanzen gewässert, als sie ihn vorbeilaufen hörte, keuchend und mit schweren Schritten. Sie blickte nicht auf. Sie hob erst den Kopf, als sie kurz darauf das Trippeln von Hundepfoten hörte und sah, wie der Hund sich, offensichtlich erschöpft, an den Straßenrand legte. Sie hörte den Mann rufen. Sah ihn kurz darauf zurückkommen, sah, wie groß er war, und wie besorgt. Sein Gesicht war so leicht zu lesen wie ein Kinderbuch. Was für ein lieber Mann, dachte sie. Der Mann kniete sich neben den Hund und streichelte ihn.

»Ach, mein Junge …«

»Er hat bestimmt Durst.«

Erschrocken hatte er sich umgedreht, und da war es wieder, das lesbare Gesicht. Sie las Ratlosigkeit darin. Sie holte eine Schale mit Wasser und stellte sie dem Hund hin. Der Mann, der neben ihr kniete, roch nach Schweiß, aber das störte sie nicht. Das war ein Vorteil ihres Alters, Haupt- und Nebensachen ließen sich immer schneller auseinanderhalten, und die Hauptsache war nicht der Schweißgeruch, sondern der große, liebe Mann, der sich solche Sorgen um seinen Hund machte. Sie sahen dem Hund zu, wie er das Wasser schlabberte.

»Das hat er anscheinend gebraucht, vielen Dank.«

»Es ist aber auch wirklich höllisch warm heute.«

»Es soll der wärmste Juli sein seit 1897.«

»Ja, Klimawandel und so.«

Der Mann stand auf. Ein Schwall seiner Männerwärme umspülte sie. Sie stellte sich vor, wie er auf sie herabschaute, auf ihren Scheitel, und fühlte ein leises Unbehagen wegen ihrer grauen Haare, die sie sich weigerte zu färben, um keine Jugendlichkeit vorzutäuschen, wo keine war, weil Jugendlichkeit ein bescheuertes Kriterium war, eine Gebrauchsanleitung zum Unglücklichsein, wir werden mit jedem Tag älter, so ist es nun mal, und trotzdem fühlte sie das Unbehagen. Das – dieser alte Instinkt – ärgerte sie, das kokette Mädchen, das sie tief in ihrem Inneren immer noch war, doch sie hatte keine Zeit darüber nachzudenken, denn im nächsten Moment hörte sie ein Rauschen und Summen, hörte sie ein Fluchen, und als sie sich aufrichtete, stand da der große Mann mit dem sprechenden Gesicht wütend auf der Straße, den Mittelfinger in die Luft gereckt.

Als sie ihn ein paar Stunden später wiedertraf, im Bus, war ihre Rolle eine ähnliche: Sie hatte Zeit, ihn zu beobachten, bevor er sie bemerkte. Er war im letzten Moment eingestiegen, groß, gehetzt, erstaunlich elegant in der Leinenhose und dem himmelblauen Hemd, und hatte sich ein paar Reihen vor ihr, auf der anderen Seite des Gangs, auf einen Sitz fallen lassen. Als sie am Kanal entlangfuhren, drehte er sich um, nicht zu ihr, sondern um die Jungs besser zu sehen, die in einem Ruderboot ihren Spaß hatten. Da waren sie wieder, das offene Gesicht, die

Augen und Augenbrauen, das Kinderbuch. Er freute sich über das, was er sah. Er hatte Spaß an der Szene. Er sah etwas, sah sie, was grundlegend gut war.

Als er sich wieder umdrehte und ihre Blicke sich trafen, erkannte er sie nicht sofort. Sie ließ ihn suchen, aber es dauerte zu lange, es wurde peinlich, er litt, und das wollte sie nicht, also half sie ihm auf die Sprünge.

»Wie geht es deinem Hund?«

Jetzt erkannte er sie. Er lächelte. Dann verdüsterte sich sein Blick.

»Gut. Na ja, nicht so gut eigentlich. Wir waren beim –«

Wir wissen, wie das Gespräch weitergegangen ist. Aber was passiert da eigentlich, bei so einem Gespräch zwischen zwei Fremden? Es ist – jedenfalls, wenn beide aufgeschlossen dafür sind – ein Versuch der Synchronisierung. Zwei Leben, zwei Geschichten müssen so zusammengeführt werden, dass eine Verbindung entsteht, und sei es nur für die paar Minuten im Bus. Der verbale Austausch von Informationen ist nicht das Wichtigste bei so einem Gespräch, obwohl er natürlich informativ ist: dass der Hund schwer krank ist, dass sie Musik liebt, dass er irgendetwas mit Landmaschinenmessen hat. Im Hintergrund passiert in der Zwischenzeit etwas ganz anderes, Grundlegenderes. Es wird geschaut, gerochen, gefühlt, geraten, fantasiert, beurteilt. Eine Geschichte wird zusammengesetzt, erst noch als Skizze, ein paar Sätze hier, ein halber Absatz dort, aber jedes Wort ist emotional aufgeladen. Mia tut sich da weniger schwer als Henk. Was vielleicht daran liegt, dass sie auf ihre Intuition vertraut und es sich so leichter macht. Was für ein lieber Mann, denkt sie.

Und: Was für ein großer Mann. Und: Was für ein witziger Mann. Als sie in Loenen zu der Haltestelle kamen, stand Mia auf, schob sich an Henk vorbei und drehte sich noch mal um. Kurz legte sie ihm die Hand auf die Brust. Das war nicht geplant, sie machte es einfach. Auch was sie danach sagte, hatte sie sich nicht vorher überlegt, es rutschte ihr einfach heraus.

»Tschüss, lieber Henk. Gibst du Schurk ein Küsschen von mir?«

In der Kirche wurde eines ihrer Lieblingsstücke gespielt, von Beethoven. Beethovens Musik ist von einer architektonischen Qualität, die sie sehr anspricht. Sie sieht die Musik als einen komplexen, aber klaren Raum vor sich, ein Gebäude, das von Piranesi stammen könnte. Sie kann diesen Raum betreten, in ihm umherschweifen und dabei die Musik genießen. Das hat sie schon immer getan, von Kindheit an, und vor allem bei Beethoven, aber auch bei anderen Komponisten. Es war eine besondere Art des Musikgenusses, und als sie älter wurde, merkte sie, dass es nahezu unmöglich war, anderen zu erklären, was sie genau erlebte. Sie merkte auch, wie schmerzlich es war, eine zutiefst persönliche Erfahrung zu beschreiben, um dann festzustellen, dass man sie überhaupt nicht verstand und das Gespräch ungebremst an die Wand fuhr. Irgendwann erzählte sie niemandem mehr von ihren Erfahrungen, nicht einmal denen, die zu manchen Zeiten in ihrem Leben unersetzlich waren, ihre zwei Ehemänner zum Beispiel, einige gute Freundinnen und Freunde, und ihre drei Kinder, auch nicht dem Jüngsten, einem begabten jungen Mann Anfang zwanzig, der am Konservatorium studierte.

Und deshalb war es etwas ganz Besonderes, dass sie nach dem Konzert, während sie eine Kleinigkeit in einem Lokal am Rijksweg aß, an Henk dachte und von einem Moment zum nächsten davon überzeugt war, dass er sie sofort verstehen würde.

Sie werden mehr oder weniger gleichzeitig wach. Henk hört einen Schrei – einen lauten, alles durchdringenden Schrei.

»Was war das?«

Henk wacht zum dritten Mal an diesem Tag auf, und sein Bewusstsein überfällt ihn jedes Mal unbarmherziger, jetzt, platsch!, trifft es ihn wie ein Pfannkuchen mitten ins Gesicht. Er setzt sich schlagartig auf und fragt erneut, diesmal mit mehr Nachdruck: »Was war *das*?«

Rosa richtet sich langsam und widerwillig auf.

»Was war was?«

»Dieser Schrei.«

»Welcher Schrei?«

»Der Schrei. Unten.«

»Ich hab nichts gehört.«

»Doch. Ein Schrei, irrsinnig laut, er kam von unten.«

»Vielleicht ist jemand umgebracht worden.«

»Nein, jetzt mal im Ernst. Da war ein Schrei.«

Das Nickerchen hat Henk nicht gutgetan. Er hat Bauchschmerzen, einen schweren Kopf und einen fiesen Geschmack im Mund. Er greift über Rosa hinweg zur Weinflasche, schenkt sich ein und trinkt ein paar Schlucke.

»Auch was?«

»Igitt, nein.«

Der Lärm der Geburtstagsgesellschaft dringt herauf, lauter als zuvor, angeheizt von Musik, und dazu noch von der Band Doe Maar, demnach wird da unten auch ordentlich gebechert.

»Die sind betrunken.«

»Betrunkene Erwachsene sind echt peinlich, weißt du?«

»Ja. Bin ich peinlich?«

»Nein, aber du bist auch nicht richtig erwachsen.«

»Nicht?«

»Nein. Du gibst dir immer Mühe.«

»Aber was hat das denn …«

Schon wieder dieser Schrei, weniger laut als beim ersten Mal, jetzt klingt er eher wie ein Lachanfall. Ja, alle sind betrunken, höchste Zeit, sich aus dem Staub zu machen. Henk schaut auf sein Telefon und sieht, dass es erst zehn vor halb neun ist. Das muntert ihn auf, denn bei näherer Betrachtung liegt noch ein ganzer Abend vor ihm, und wer weiß, was ihn noch alles erwartet. Mia! Er steht auf. Geht ins Bad und pinkelt. Wäscht sich Hände und Gesicht und ordnet seine Kleidung. Er findet eine neue Zahnbürste, pult sie aus der Packung und putzt sich ausgiebig die Zähne. Danach ist er unschlüssig, was er mit der Zahnbürste tun soll, denn wenn er sie einfach zurücklegen würde, könnte das zu einem ärgerlichen Missverständnis führen (schlaftrunken benutzt Freek die Zahnbürste, er merkt, dass es nicht seine ist, schaut hin, nein, seine ist es wirklich nicht, aber von wem dann, verflucht nochmal, wie eklig ist das denn?, und verspürt dann den ganzen

Tag ein nagendes Unbehagen; woher es kam, wäre natürlich schnell wieder vergessen, aber er würde seine Missstimmung völlig grundlos an einer Sekretärin auslassen oder an einem armen Kerl in beigefarbener Uniform mit Firmenlogo), und so steckt Henk die Zahnbürste besser in die Hosentasche.

»Rosa, Herzchen, ich muss los. Kannst du bitte …«

Doch sie ist schon wieder eingeschlafen. In stummer Bewunderung betrachtet Henk seine Nichte, ihre Jugendlichkeit, und er ist tief gerührt. Ihm wird bewusst, dass es mehrere Gründe für seine Gefühle gibt: ihre Jugend und ihre Schönheit, ihre Reaktion auf sein Geschenk, ihr gemeinsames Nickerchen, nicht zu vergessen: der Alkohol in seinem Blut, und sogar Schurks Krankheit, die schon den ganzen Tag wie ein Schleppnetz über den Boden seiner Seele schleift und all das hochholt, was für gewöhnlich einen gewissen Abstand wahrt – Liebe (oder keine Liebe), und Älterwerden, und dann der Tod –, aber er merkt nicht, dass da, tiefer im Massiv seines Körpers und seines Lebens, noch andere Quellen strömen. Eine dieser Quellen ist das geheimnisvolle Wissen, dass Rosa eines Tages an seinem Sterbebett sitzen und ihm die Stirn abtupfen und sich auf dem Friedhof den Regen übers Gesicht laufen lassen wird, während sie an Pessoas Verse denkt. Irgendwie weiß er das, aber nicht, weil er in die Zukunft sehen könnte, und auch nicht, weil es ein vorherbestimmtes Schicksal gäbe, das er irgendwie erahnt, sondern, weil das in den vergangenen Stunden enthalten ist, etwa so wie ein ganzer Roman im ersten Satz. Tatsächlich ist eine Freundschaft entstanden, und damit ist alles möglich geworden, was Freundschaften möglich machen: Gespräche, Spaziergänge, gemeinsame Mahlzeiten, Ausflüge, Urlaube, ein Sohn, der nach Henk benannt wird, aber auch und vielleicht sogar vor allem Rosas beruhigende Anwesenheit an seinem Sterbebett.

Henk gibt seiner Nichte einen Kuss auf die Stirn. Dann nimmt er das Holzpferd vom Schreibtisch und stellt es auf die Fensterbank, damit das Pferd das junge Mädchen richtig sehen kann. Danach geht er die Treppe hinunter, vorsichtshalber leise, obwohl die Wahrscheinlichkeit, dass ihn die ausgelassene Gesellschaft im Garten erwischen könnte, gering ist. Er ist schon bei der Haustür, als das Gejohle auf einmal lauter wird. Henk kann es sich nicht verkneifen, einen Blick zurückzuwerfen, und das hätte er natürlich besser nicht getan. Meine Güte, was sich für Abgründe auftun, wenn zu viel Alkohol im Spiel ist! Man kann sich die Szene vorstellen, sie zu beschreiben ist überflüssig. Henk überkommt ein starkes Gefühl von Ekel und Scham. Besser gesagt von Fremdscham: Er empfindet die Scham, die ein anderer empfinden müsste, aber wegen des Alkohols oder aus mangelndem Anstand oder beidem nicht empfindet. Es ist also eine kraftlose Reaktion, ein zahnloser moralischer Vorwurf, aber er gibt Henk einen willkommenen Schubs: Er dreht sich kurzerhand um und geht zur Haustür, auf die Voorstraat, über die Brücke, zur Bushaltestelle, weg von hier.

***

Er sitzt im Bus. Jetzt kommen sie nach Loenen. Er richtet sich auf und reckt den Hals und schaut, aber nein, sie ist nicht da, die Haltestelle ist verlassen, der Bus fährt weiter. Doch dann greift eine höhere Macht ein, und der Busfahrer tritt auf die Bremse und hält doch noch an, die Tür geht auf, und da ist sie wirklich. Henk erhebt sich halb vom Sitz und winkt ihr.

»Mia! Hier bin ich.«

Sie lässt sich die Überraschung nicht anmerken, auch wenn sie überrascht sein muss. Sie hatte die Zeit vergessen und den Bus gerade noch erwischt, was am zweiten Glas Wein liegen mochte, das sie sich genehmigt hatte. Als ihr aufgefallen war, dass der Bus jeden Moment kommen konnte, war sie mit hippieartigem Aktionismus aufgestanden (Tasche packen, zum Portemonnaie greifen, Geld auf den Tisch legen, Portemonnaie wieder einstecken, wo sind bloß die Schlüssel, fieberhafte Suche nach der Fahrkarte, Tasche auskippen, auf dem Tisch stapeln sich: Taschentücher, Kuli, Pflaster, Programmheft, Handy, Lutschbonbons, Postkarte, Pillen, Fahrkarte, *Fahrkarte!*) und aus dem Lokal gerannt und hatte sofort gesehen, dass der Bus kam, dass er schon fast bei der Haltestelle war, also war sie gerannt wie verrückt und hatte mit der freien Hand gewinkt, und der Bus war doch noch stehen geblieben, zum Glück, im letzten Moment. Sie stieg ein, und da war Henk, und sie war wirklich überrascht, weil sie keinen Gedanken daran verschwendet hatte, dass er im Bus sitzen könnte, doch ihre Überraschung ließ sie sich nicht anmerken, sie kam gar nicht dazu, weil Henk ihre ganze Aufmerksamkeit in Beschlag nahm.

Was sah sie eigentlich? Sie sah nicht den lieben, feinfühligen Mann, an den sie im Lokal gedacht hatte, sondern einen großen, aufgeregten Mann, einen Mann, der so wild gestikulierte, dass es weder der Größe des Busses noch der des Anlasses entsprach. Dennoch winkte sie zurück und ging durch den Mittelgang zu ihm und setzte sich neben ihm. Aha, roch sie, er ist beschwipst.

»Du bist betrunken.«

»Ja.«

»Ich auch. Ein bisschen.«

»Ich bin, ehrlich gesagt, reichlich betrunken. Überreichlich.«

»Wo warst du?«

Während Henk von der Grillparty erzählt, fahren sie durch das immer noch sonnige Holland zurück nach Weesp. Auf dem Merwede-Kanal fahren wie immer Schiffe, von Amsterdam nach Utrecht und umgekehrt, bis obenhin voll, Dinge über Dinge bis zum Überdruss, kann das nicht mal aufhören?, aber es ist ein schöner Abend, ein sehr schöner sogar, und er verspricht, noch schöner zu werden: Das Licht ist nach und nach voller geworden, schwerer, und etwas an diesem Licht deutet schon auf die nächste Jahreszeit, und sei es nur, weil man sich das beim Anblick des dunklen Wassers, auf dem still und leise ein vergilbtes Blatt schwimmt, mühelos vorstellen kann. Doch darauf, was außerhalb des Busses zu sehen ist, achten Henk und Mia nicht, sie sind ins Gespräch vertieft.

»Aber was hat sie denn gemacht?«

»Das willst du echt nicht wissen, sie hat getanzt … Nein, ich erzähle es dir nicht.«

»Wie gemein von dir, jetzt bin ich aber neugierig! War sie nackt?«

»Ja. Nein. Nicht ganz. Aber jetzt sehe ich es wieder vor mir, und das will ich nicht …«

»Und Rosa hat geschlafen?«

»Ja. Wie ein Engel. Bei all dem Lärm. Ich habe ihr übrigens von dir erzählt.«

Warum hat er das bloß gesagt? Plötzlich steckt das Gespräch in einem Käfig, und die Schlüssel hat jetzt Mia. Die Frage ist, ob sie sie ihm zurückgibt. Tut sie nicht. Stattdessen fragt sie: »Von mir? Was denn?«

Und so ist Henk erneut in einer Situation, in der er sich schnell entscheiden muss, obwohl die Entscheidung eine Menge potenzieller Folgen hat, von denen eine gehörige Menge ihm einen Riesenschreck einjagt, also denkt er fieberhaft nach. Nein, er *versucht*, fieberhaft nachzudenken, aber das geht überhaupt nicht, dafür hat er zu viel getrunken, also platzt er einfach mit der Wahrheit heraus: »Dass ich in dich verliebt bin.«

Im nächsten Moment beschleunigt der Bus und düst Richtung Weltall. In einer sanften Kurve fliegen sie über Weiden mit Kühen und Teiche voller Segelboote und über kleine Dörfer, in denen Menschen auf Caféterrassen Bier trinken und überrascht hochschauen zu dem Bus, der allmählich immer höher steigt. Sie blicken von oben auf die Vecht, auf Holland, die Nordsee, auf Europa, und so weiter, bis der Horizont sich krümmt und sie mit eigenen Augen sehen, dass die Erde wirklich rund ist. Unterdessen vollbringt Henk ein Wunder nach dem anderen, als wäre es das Normalste der Welt: Er legt ein Damasttuch auf einen Tisch, zaubert eine Flasche Champagner hervor, Kristallkelche, eine Schale Erdbeeren, Schlagsahne –

Nein, Blödsinn, der Bus fährt einfach weiter am Merwede-Kanal entlang, aber Henk hat eindeutig unvernünftig viel getrunken, ist infolgedessen größtenteils seinen Grundimpulsen ausgeliefert, und damit ist der weitere Verlauf des Abends offen.

*Dass ich in dich verliebt bin.* Es ist nicht nur seine Trunkenheit, die Henk diese Antwort eingeflüstert hat, sondern ein allgemeiner Charakterzug, seine kindliche Ehrlichkeit. Rosa hatte ganz richtig gesehen, als sie ihn »nicht richtig erwachsen« genannt, sondern auf leicht rätselhafte Weise gesagt hatte: »Du gibst dir immer Mühe«. Der springende Punkt ist, dass Henk nicht anders kann, als ehrlich zu sein, dass er keine andere soziale Strategie hat, schon gar nicht, wenn er getrunken hat und die üblichen Hemmungen (Höflichkeit und Konventionen, Schüchternheit und Besonnenheit, der Wunsch, nicht für einen Vollidioten gehalten zu werden) wegfallen. Er platzt mit der Wahrheit heraus, egal, wie unpassend die ist, und das ist tatsächlich ziemlich kindlich, denn damit lässt man die Wirkung der Wahrheit außer Acht, die fast immer – auch jetzt – heftig ist.

Henks Antwort hat Mia unvermittelt zum Schweigen gebracht. Der Bus fährt durch Weesp und hält beim Bahnhof. Sie steigen aus. Ohne ein Wort zu wechseln, gehen sie nebeneinander her, zur Vecht, am Vecht-Kai entlang, an den stattlichen Häusern dort vorbei, in Richtung alte Festung. Auf halbem Weg am Kai bleibt Henk stehen: Hier muss er nach rechts abbiegen, nach Hause, zu Schurk.

Mia hat inzwischen darüber nachgedacht, was Henks Worte eigentlich bedeuten. Sie hat keine Ahnung. Alles ist möglich: von betrunkenem Geschwätz bis zu einer ehrlichen Liebeserklärung. Vorläufig weiß sie nur, dass Henk ein Fremder für sie ist. Sie kennt ihn nicht, sie hat keine Ahnung, was er meint, und so hat seine Antwort ihrem selbstverständlichen Umgang ein abruptes Ende gesetzt. Aber jetzt, da sie hier so voreinander stehen, ohne sich anzusehen, drängt sich ihr ein anderer Gedanke auf: dass sie den starken Wunsch verspürt, diesen großen, lieben, betrunkenen Fremden kennenzulernen.

Schweigend stehen sie da, Mia zierlich und eher klein, Henk groß, aber jungenhaft. Bei diesem Gedanken legt sich ein Lächeln auf Mias Gesicht, doch das fällt Henk nicht auf, denn er hat sich in ein tiefes Loch des Selbsthasses hinuntergelassen. »Ich biege hier nach rechts ab«, murmelt er in sich hinein. »Schurk braucht seine Tabletten.«

»Darf ich mit? Ich möchte ihn so gern kurz begrüßen.«

Oh, jetzt ist er aber verwirrt! Seine Augen und Augenbrauen wissen nicht, was sie davon halten sollen. Was sollen sie ausdrücken? Erleichterung? Überraschung? Panik? Sprachlosigkeit? Überbordende Freude? Alles gleichzeitig, wie es aussieht, denn auf seinem Gesicht zeichnen sich erst eine ganze Reihe Grimassen ab und dann wird es plötzlich leer, als hätte sein Hirn eine Fehlermeldung generiert, *data overflow,* wie manchmal bei den ersten Computern, kurz bevor sie den Geist aufgaben. Sein Ausdruck hält in einem mehr oder weniger neutralen Stand inne, nein, keinem neutralen, sondern einem offenen: in den nächsten Minuten wird er jeden Eindruck im Eiltempo verarbeiten. Er schluckt etwas hinunter. Tippt sich mit dem Finger an die Nasenspitze. Schaut unbestimmt zum Abendhimmel.

»Ja, natürlich … Hier entlang.«

Dümmlich weist er in die Richtung und macht zögerlich einen ersten Schritt, unsicher, ob Mia ihm wirklich folgen wird. Aber sie folgt ihm, immer noch lächelnd, obwohl Henk das nach wie vor nicht sieht. In der schmalen Straße zwischen dem Kai und der Nieuwstraat nimmt Mia seine Hand, und wie von selbst verfallen sie in einen angenehmen Gleichtakt. Zu diesem Gleichtakt öffnet sich Henks Gesicht noch mehr, und das passt sehr gut zum Jubel in seiner Brust. *Am liebsten hätte er leise vor sich hin gesungen; er hatte das Gefühl, leichtfüßig dahinzutanzen, ein wenig über dem Boden. Alles, alles war so leicht jetzt.*

Henk kennt die Schlussszene von *Ein Junge wie Kees* auswendig. Die Verliebtheit eines Jungen wird beschrieben, doch in dieser Verliebtheit klingt auch etwas anderes an, etwas, was Henk gut kennt: eine unbändige Lust aufs Leben. Als Mia Henk im Bus beobachtet hatte, während er den Jungs im Boot zusah, hatte sie gesehen, wie intensiv er die Szene genossen hatte – die fröhliche Waghalsigkeit, das viele Funkeln von Sonne und Wasser und tanzendem Ruderboot und blonden Haaren. In seiner Art zu schauen hatte sie eine moralische Komponente entdeckt. *Er sah etwas, sah sie, was grundlegend gut war.* Die Lebensfreude der Jungs hieß für Henk nicht nur, Lust zu haben, zu leben, sondern etwas Essenzielleres, der alte Lebensatem, die Vitalität, der Lebenstrieb, *Amor fati, Lebensbejahung* in neuer Gestalt – ach, die Begriffe purzeln durcheinander, als wollten sie sich vorstellen.

Lebensfreude als moralisches Prinzip. Das kann man sich bei Henk gut vorstellen. So scheucht er sein Leben zwischen den beiden Polen Memento mori und carpe diem hin und her, dass der eine den anderen nähren kann und umgekehrt, symbiotisch, als bildeten sie zusammen eine *Gestaltfigur* – eine Figur, deren Teile sich gegenseitig sowohl ans Licht bringen als auch im Dunkeln belassen. Henk ist nicht alt genug, um dieses Motiv in sich zu erkennen, aber er spürt es. Es ist eine Frage der Zeit, bis er es sieht und nicht mehr nur intuitiv begrüßt, sondern bewusst, wirklich als eine moralische Handlung. Wer weiß, vielleicht wird er sich in den kommenden Monaten im Gespräch mit Mia dabei ertappen, dass er plötzlich von Lebensfreude oder Vitalität oder *Lebensbejahung* spricht. Mia wird ihm aufmerksam zuhören, mit leicht zusammengekniffenen Augen. Bis dahin wird sie wissen, dass Henk sich in Monologen verlieren kann, in denen plötzlich Sachen auftauchen, die ihm anscheinend selbst neu sind. Es könnte auch sein, dass sie kaum zuhört, weil sie vor allem auf sein Gesicht achtet, auf seine Augen und Augenbrauen, so fasziniert ist sie von ihrer Lebendigkeit. Ja, so wird es sein. Sie wird seinen Blick durch den Raum schweifen sehen, in dem sie sich befinden (Henks Küche, ein Restaurant, der Wald oder der Strand, wo sie spazieren gehen), ohne Halt zu finden, weil alle Aufmerksamkeit nach innen gerichtet ist, auf die Einsichten, die er (Augen und Augenbrauen zucken, ihm steht Schweiß auf der Oberlippe, mit seiner Hand fährt er über den Kopf) angestrengt versucht, in Worte zu fassen. Und beim Sprechen wird er ihn erkennen, seinen Hunger nach Lebensfreude, die trotzige Suche nach Genuss, nach Spaß, Freude, einem guten Leben.

»Weil, weißt du, Mia, es sind nicht Essen und Trinken, die uns am Leben halten, es ist die Lebensfreude, die moralische Überzeugung, dass es sich lohnt. Dass Wahrheit und Schönheit im Leben selbst enthalten sind, immer und überall. Aber es ist unsere Aufgabe, sie zu suchen, sie zu fördern wie Glücksjäger, im besten Sinne des Wortes.«

Und dann kann man sich auch vorstellen, wie das Älterwerden für Henk aussehen wird: Er wird immer besser darin, seine Lebensfreude zu schüren. Er wird immer besser lernen, das Licht zu suchen, das, was ihm Spaß macht und was er deshalb für wichtig und wertvoll hält: seine Arbeit (noch an die zehn Jahre); Lesen natürlich (noch mehrere Tausend Bücher); die neuen Hunde (noch zwei); Mia, Rosa und sogar Lydia, die nach einer schmerzlichen Scheidung in die Niederlande zurückkehrt; Rosas Kinder, die in Schweden aufwachsen, die er aber regelmäßig besucht; das helle Haus in Noordwijk, wo er schließlich hinziehen wird, und das Meer, das er dort kennenlernt: die selbstverständliche Allgegenwärtigkeit des Wassers, von der er kaum den Blick lösen kann; tja, die Reihe ließe sich beliebig fortsetzen. Es wird also tatsächlich nicht so sehr Essen und Trinken sein, die ihm Antrieb geben, sondern Lebensfreude, weit über die übliche Lebenserwartung hinaus, bis zu seinem dreiundneunzigsten Lebensjahr, in dem Henk, nach einem mehr als akzeptablen Leben, friedlich sterben wird.

Lebensfreude: leben wollen. Aus dieser Quelle speist sich der Rest: aufstehen wollen, essen und trinken wollen, arbeiten wollen, lachen und lesen und reden und tanzen und mit dem Hund spazieren gehen wollen ... Und, nicht zu vergessen: lieben wollen. Henk und Mia haben die Haustür erreicht. Henk lässt Mias Hand los, schließt auf und geht vor, die steile Treppe hoch, Mia hinter ihm. Beide sind sich ihrer Schritte, ihres Atems vollkommen bewusst, sie bewegen sich noch immer in einem sehr angenehmen Gleichtakt.

***

Schurk liegt an einer ungewohnten Stelle, unter der Treppe im Wohnzimmer, und hechelt, sucht aber trotzdem Blickkontakt mit Henk. Das beruhigt Henk: Es ist nicht der Blick eines Fremden, der einen Fremden ansieht, sondern es ist Schurk, der ihn ansieht. Er kniet sich neben den Hund und krault ihm den Kopf. Schurk atmet schnell, die Zunge hängt ihm aus dem Maul, die Flanken heben und senken sich unruhig.

»Och, mein Junge …«

Auch Mia kniet sich hin. Schurk sieht sie kurz an, sucht dann aber wieder Henks Blick, wie gewohnt. Mia nimmt eins von Schurks Ohren zwischen die Finger. Das Weiß und Rotbraun ist von langen, schwarzen Haaren durchzogen, die in eleganten Fransen münden. Mia lässt das Ohr durch ihre Finger gleiten.

»Du hast aber schöne Ohren.«

»Die langen Haare da nennt man Ohrringe«, erklärt Henk mit einem gewissen Stolz.

Er steht auf, geht in die Küche und befeuchtet einen Schwamm. Schurk leckt kaum daran, scheint aber etwas ruhiger zu werden. Mia streicht ihm weiterhin übers Ohr.

»Sein Zustand ist stabil«, gibt Henk steif von sich, als gäbe er eine ärztliche Stellungnahme ab und verrät damit seine Besorgtheit. Er fährt fort. »Er ist ein wenig kurzatmig, das ist alles. Ich meine, er leidet an Herzschwäche, aber ich sehe ihm an, dass alles in Ordnung ist.«

»Wirklich? Zum Glück!«

»In einer Stunde bekommt er seine Medizin und dann gehe ich kurz mit ihm raus und danach kann er hoffentlich gut schlafen.«

Es ist sieben Minuten vor halb zehn. Henk findet die Situation unübersichtlich. Die Bandbreite an Möglichkeiten ist enorm: Eine Tasse Tee trinken, über alles und nichts reden, sich gegenseitig die Kleidung vom Leib reißen, wilden Sex haben. Letzteres wäre ihm am liebsten, aber ihm ist klar, dass das Tempo gedrosselt werden muss, und sei es nur, weil noch so viel unbekanntes Terrain zwischen ihnen liegt. Es ist wichtig, behutsam vorzugehen, Signale richtig zu deuten und nichts zu überstürzen. Zugleich merkt er, dass er zu müde und zu betrunken ist, um mit Bedacht zu handeln, und so ist es völlig offen, wie der Abend ausgeht, Überraschungen inbegriffen, und er hat keine Ahnung, in welchem Zustand und in welcher Stimmung er bei Sonnenaufgang sein wird. Ganz abgesehen davon hat er Durst. Er steht auf und fragt: »Magst du was trinken? Ich kann dir alles Mögliche anbieten: Kaffee, Tee, Buttermilch. Auch Wein natürlich, oder Bier, es ist sogar noch Whiskey da, glaube ich. Oder einfach nur Wasser? Ich müsste auch noch Eiswürfel haben, vielleicht sowieso eine gute Idee.«

»Was trinkst du?«

Henk zuckt mit den Schultern und geht einen Schritt Richtung Esstisch. Vielleicht ist das eine zarte Aufforderung: Setzt du dich zu mir an den Tisch?

»Keine Ahnung. Wonach ist dir?«

»Gerne Buttermilch.«

Damit hat Henk nicht gerechnet. Es kommt ihm seltsam vor, um diese Uhrzeit, zu dieser Gelegenheit Buttermilch zu trinken. Er hat sie bloß der Vollständigkeit halber aufgezählt, weiter nichts. Es spricht natürlich nichts dagegen, mit Mia Buttermilch zu trinken, aber der Tag hat ihn derartig ausgelaugt, dass er das nicht einfach so hinnehmen kann, und er hakt nach.

»Buttermilch? Sicher?«

Jetzt ist weitere Verwirrung vorprogrammiert: ein Pingpong-Spiel mit zu vielen Worten, um eine im Grunde einfache Frage zu klären.

»Ja, du hast doch gesagt, du hast Buttermilch da?«

»Schon, ich dachte nur …«

»Was?«

»Ach nichts. Ich meine, ich hätte eigentlich Lust auf Wein.«

»Verstehe, Wein ist auch gut. Dann nehme ich auch ein Glas.«

»Aber du wolltest doch Buttermilch? Ich habe Buttermilch da. Im Kühlschrank.«

»Das ist doch komisch, wenn ich Buttermilch trinke und du Wein.«

»Hm, soll ich auch Buttermilch trinken?«

Nun gut, es dauert eine Weile, aber schließlich sitzen sie beide mit einem Glas Wein am Esstisch, ein Schälchen Käsewürfel zwischen sich, und nach und nach kommt das Gespräch wieder in Gang. Sie finden einiges übereinander heraus. Henk erzählt von seiner Arbeit (einfach nur versuchen, sie am Leben zu halten), von Lydia (darüber später mehr) und von dem Buch, das er gerade liest (*Abnehmen für Dummies*). Er erfährt, dass Mia Chemielehrerin ist (ich finde das Periodensystem schöner als die Pyramiden oder die *Mona Lisa* oder Lucian Freud), zweimal geschieden (darüber später mehr), und drei Söhne hat (alle nach großen Chemikern benannt). Der Jüngste, Antoine, geht aufs Konservatorium und studiert Gesang. Henk fragt, ob sie Musik hören möchte, aber nein, das möchte sie nicht.

»Es ist so schön still.«

Stimmt, es ist wirklich still. Keine Mopeds, keine Fernsehgeräusche, kein Geschirrklappern. Stille. Na ja, Stille, natürlich hört man ihre Stimmen. Nach einem weiteren Glas Wein tun sich die ersten Stromschnellen in ihrem Gespräch auf. Mia erzählt, dass sie mal eine Handtasche gestohlen hat, Henk beichtet ein homosexuelles Experiment in jungen Jahren. Mia gesteht ihm, dass ihr erstes Kind tot zur Welt gekommen ist, dass sie noch immer traurig ist, Henk beichtet seine Scham über die gescheiterte Ehe mit Lydia. Die Bekenntnisse sind an sich nicht uninteressant, aber die dahinterliegende Absicht sagt noch mehr aus: Sie wollen sich zeigen. Wie immer in diesem seltsamen Fiebertraum der Verliebtheit: Es gibt diesen Drang, sich dem anderen zu zeigen, Dinge zu beichten und auf diesem Weg klar Schiff zu machen, als wäre Verliebtheit nicht in erster Linie eine Frage der Liebe, der Lust oder des Begehrens, sondern eine kathartische Reinigung von Sünden. Henk und Mia bilden da keine Ausnahme. Sie verspüren diesen Drang, einander alles anzuvertrauen, und sie werden ihm nachgeben, und beiden ist klar, dass sie fast schon auf dem Weg nach oben sind, ins Schlafzimmer, zu Sex, sei er nun wild oder nicht.

Aber ganz so weit ist es noch nicht. Das macht nichts. Sie sind beide weit über fünfzig (Mia, weiß Henk jetzt, ist siebenundfünfzig, also ein Jahr älter als er) und haben es nicht eilig. Außerdem muss Henk Schurk noch seine Medizin geben und mit ihm Gassi gehen. Fürs Erste trinken sie also Wein, Henk mehr als Mia und das ungewöhnlich gierig. Warum eigentlich? Was ist hier los? Der Tag ist los. Schon vom ersten Augenblick an hat ihn der Tag im Nacken gepackt und hin und her geschleudert wie eine Beute, so wie Schurk als Welpe Socken hin und her schleuderte, und wir werden ja sehen, was nachher von Henk übrig ist, wenn dieser Samstag endlich von ihm ablässt wie Schurk von den Socken irgendwo hinter dem Sofa.

Sie unterhalten sich. Henk verliert sich in ziemlich blumiger, henkhafter Sinniererei, vermutlich wegen des in den Sätzen mitschwappenden Alkohols.

»Ich lese viel«, sagt er zum Beispiel. »Meine Bücher (er zeigt mit einer ausholenden Geste auf das Bücherregal dem Sofa gegenüber und danach nach oben, obwohl Mia natürlich nicht wissen kann, dass dort noch ein paar tausend Bücher stehen) sind vollgekritzelt; ein Schattentext aus Klammern, Markierungen, Ausrufezeichen und anderen Symbolen, die ich auf den Seiten hinterlasse, wenn mich die Schönheit eines Satzes berührt, mich eine neue Erkenntnis trifft oder ein guter Witz zum Lachen bringt. Alles in allem dokumentieren diese Spuren, wer ich in all den Jahren gewesen bin. Im Prinzip, denke ich manchmal, müsste es möglich sein, mit Hilfe dieses Schattentextes die Bildung meiner Identität nachzuvollziehen. Diese ganzen Kritzeleien addieren sich zu einer Geschichte. Meiner Geschichte. Der von Henk van Doorn. Lange Zeit habe ich geglaubt, dass meine Identität in den Büchern, die ich lese, zerfließt wie Tinte in Wasser, aber inzwischen bin ich überzeugt, dass es ganz im Gegenteil die Bücher sind, die mir eine feste Kontur geben. Sie bilden einen Druckverband, der das Ausbluten meines Gedächtnisses verhindert, ein Exoskelett, das meinen körperlichen Verfall kompensiert. Sie verleihen mir Form und Substanz. Mein eigenes Ich, meine Henkhaftigkeit.«

So schwatzt er noch eine Weile vertieft in seine Betrachtungen weiter, ohne Mia zu beachten. Mia ihrerseits schenkt ihm ihre volle Aufmerksamkeit. Sie hört nicht wirklich zu, stattdessen beobachtet sie aufmerksam sein Gesicht, das eine eigene Geschichte erzählt. Sie hat keine Ahnung, worum es in der Geschichte geht, und versucht gar nicht erst, sie zu entziffern, sondern hält sich wohlweislich an ihre ersten Eindrücke. Was für ein lieber, lebhafter Mann. In der Zwischenzeit fährt Henk fort mit seiner Litanei über die Geschichte, die uns ausmacht, und dass wir sie hin und wieder überarbeiten müssen, ihr einen anderen politischen Anstrich geben, eine andere Hautfarbe, ein anderes Geschlecht und eine andere sexuelle Vorliebe, einen anderen Glauben und eine andere Nationalität, denn zeugt es nicht von einem furchtbaren Mangel an Fantasie, das nicht zu tun?, mit dem Ziel, dem Weltfrieden näherzukommen – bis sein Blick endlich auf Mias trifft und er merkt, wie aufmerksam sie ihn anschaut, dass sie richtig hinschaut, und er seinen Monolog mitten im Satz abbricht.

Gegen elf gehen sie mit Schurk spazieren. Es ist nicht richtig dunkel, weil der Mond fast voll ist. Jetzt, da die Sonne weg ist, scheint alles aufzuatmen, aber abgekühlt hat es sich noch immer nicht. In den schmalen Straßen zwischen der Nieuwstraat und der Vechtkade geben die Hauswände die gespeicherte Hitze des Tages unerbittlich ab, wie um daran zu erinnern, dass sich die Erde dreht und diese Seite sich in wenigen Stunden sowieso wieder der Sonne zuwenden wird, die geduldig ist und wahnsinnig heiß.

Schurk ist mehr oder weniger der Alte. Er hebt ein paar Mal das Bein, schnuppert hier und da, macht einen Haufen, bellt zwei-, dreimal eine Katze auf einem Schuppendach an, verstummt und starrt noch etwa zehn Sekunden wie gebannt auf seinen Erbfeind, vielleicht, weil sich dessen Silhouette bei Vollmond besonders deutlich abzeichnet, fast so wie man das gelegentlich in Zeichentrickfilmen sieht.

Jetzt, da sie draußen sind, in einer ruhigen Kleinstadt, aber dennoch in der Öffentlichkeit, nehmen sie sich wieder zurück. Das Gespräch plätschert gemächlich vor sich hin, Stromschnellen bleiben aus. Sie sammeln Mut und sind mit ihren Gedanken nicht ganz bei der Sache, denn ihre Gedanken sind schon bei der Rückkehr nach Hause, bei dem Schlafzimmer und dem Bett in diesem Schlafzimmer, bei all den Worten, der Mimik und Gestik, die es braucht, um es ohne Zwischenfälle von der Haustür zum Bett zu schaffen, diese subtile, wacklige Choreografie der Verführung, die keine Direktheit verträgt, aber auch keine Missverständnisse.

Sie gehen über den Ossenmarkt zum Hafen. Auf der schmalen Brücke schlägt ihnen Aufregung entgegen. Eine Gruppe Kinder steht da, na ja, Jugendliche, um die sechzehn, siebzehn Jahre. Im Mondlicht haben sie etwas Unwirkliches, und vielleicht wundert es Henk und Mia darum nicht weiter, als sie sich ausziehen, denn genau das tun sie plötzlich, alle miteinander, sie ziehen sich aus, bis sie nackt sind, nackt und herrlich, was im Mondlicht gut zu sehen ist. Henk und Mia bleiben stehen und sehen zu, wie die junge Körperpracht übers Brückengeländer steigt und ins Hafenbecken springt, johlend und ausgelassen herumplantscht, kurz angebunden am Pflock ihrer unbesonnenen Lust. Schurk bellt die jungen Menschen drei-, viermal an, aber das hören sie natürlich nicht. Henk und Mia schauen ihnen eine Zeitlang lächelnd zu, weil jugendlicher Übermut zwar irritierend ist, aber auch ansteckend. Nach einer Weile drehen sie sich um und gehen zurück. Sie schweigen. Als die aufgeregten Stimmen nicht mehr zu hören sind, fällt ihnen die unwirkliche Stille auf. Kein Luftzug regt sich, keine Stimme ist zu hören, kein Fernseher, nichts. Oder doch: ihre Schritte und Schurks Trippeln. In der Stille sind wir oft ehrlicher, keine Ahnung warum, vielleicht, weil sie Vertrautheit suggeriert. Das spürt Mia. Sie macht von der Gelegenheit Gebrauch und stellt Henk eine Frage, die ihr schon eine Weile durch den Kopf schwirrt. Ihre Frage zieht ein Gespräch nach sich, das alle Sorgen über die Choreografie der Verführung beseitigt und sie ohne Hindernisse ins Schlafzimmer geleiten wird.

»Wie hast du das eigentlich gemeint? Dass du in mich verliebt bist?«

»Ach, ich … ich weiß nicht genau. Ich finde dich lieb. Ich finde dich schön, und ich finde dich lieb, und vorhin bei Rosa hab ich das einfach gesagt. Es ist mir so rausgerutscht. Dass ich in dich verliebt bin.«

»Was hat sie dazu gesagt?«

»Sie wollte wissen, ob es das erste Mal ist, seit Lydia.«

»Ist es das?«

»Ja, schon, aber …«

»Was?«

»Ich hätte das vielleicht nicht sagen sollen. Nicht so. Verliebtheit. Es ist ein großes Wort, damit muss man vorsichtig sein. Wenn ich nicht betrunken gewesen wäre, hätte ich das nicht gesagt.«

»Okay … Das ist ehrlich.«

»Aber?«

»Aber auch ein bisschen schade. Ich fand das schön zu hören. Dass jemand in mich verliebt ist.«

»Aber ich bin doch auch in dich verliebt! Ein bisschen. Nein, richtig. Nur das Wort … Wörter sind manchmal … so groß. So grob. Keine Ahnung. Ich meine, ja, ich bin wohl einfach ein bisschen verliebt. Ich mag dich auf jeden Fall sehr. Und finde dich schön. Ach ja, und ich habe Rosa erzählt, dass du aussiehst wie Patti Smith.«

»Patti Smith! Ich habe alles von ihr!«

»Wirklich?«

»Ja, na ja, fast alles.«

»Du siehst ihr echt ähnlich.«

»Sicher wegen der langen, grauen Haare.«

»Ja. Und wegen deinem Mund. Deinem großen Mund. Und deinen wunderschönen Augen.«

Sie bleiben stehen. Mia nimmt seine Hände und fängt an zu singen, wie schon ein paar Stunden zuvor.

»Because the night … belongs to lovers …«

Der Mond steht am Himmel und die Vecht fließt und Mia singt und Henk grinst wie ein Honigkuchenpferd, während Schurk noch einmal das Bein hebt.

»Because the night … belongs to lust …«

***

Mia zieht sich aus. Sie steht mitten im Schlafzimmer, mit einem breiten Lächeln, Henk gegenüber, der sein Hemd aufknöpft, ebenfalls mit einem breiten Lächeln. Das ist gut, sagen sie einander im Stillen, das ist wirklich sehr gut. Mia trägt keinen BH, nur ein Unterhemd, das sie über den Kopf zieht, und dann stellt sich heraus, dass ihr eine Brust fehlt, die linke. Sie hatte vor gut zwei Jahren Brustkrebs, noch in einem frühen Stadium, trotzdem war eine Brustamputation notwendig. Aus demselben Grund, aus dem sie darauf verzichtet, ihre grauen Haare zu färben, hat sie auf eine Brustrekonstruktion verzichtet: ihre Abneigung gegen das So-tun-als-ob. Zu sehen ist also eine flache Brust ohne Nippel und eine Narbe, eine leichte Kerbe, mehr oder weniger quer über die Brust.

Henk sieht ihre Brust, und Mia sieht, dass er sie sieht und ist verwirrt, weil sie keine Sekunde an die Amputation gedacht hat. Das grenzt an ein Wunder. In den Monaten nach der Operation hatte sie drei oder vier Liebhaber, nicht, weil sie sie liebte und nicht einmal, weil sie Lust hatte auf Sex, sondern um sich zu zwingen, ihren neuen

Körper – so fühlte es sich an: wie ein neuer Körper – zu akzeptieren. Die Männer dienten ihr als *reality check*: o ja, das ist sehr wohl mein Körper. Die Männer betrachteten ihre linke Brust und reagierten mit Verständnis, mit Sanftmut, da gab es nichts zu meckern, aber es brachte ihr herzlich wenig. Sie konnte sich dem Gefühl nicht entziehen, dass die Männer machten, was von ihnen erwartet wurde, in Wirklichkeit aber am liebsten weggerannt wären. Vielleicht hatte sie recht, vielleicht auch nicht. Jedenfalls hatte sie beschlossen, ihr Leben für eine Weile ohne Männer zu leben. Schon besser. Es ging nicht darum, begriff sie schließlich, dass die Männer lernen mussten, mit ihrem neuen Körper klarzukommen, sondern sie selbst.

Und jetzt das. Henk. Sie ist so fixiert auf den großen, lieben, betrunkenen Mann, der ihr gegenüber steht, auf das Geschick, mit dem er mit seinen großen, recht derben Händen sein Hemd aufknöpft, auf sein verpeiltes Lächeln, seinen massigen Körper, der zum Vorschein kommt, Himmel, sie kann es kaum erwarten, ihn zu berühren, kurz und gut, sie ist so auf ihn fixiert, dass sie keine Sekunde an ihre Brust gedacht hat, bis sie sieht, was er sieht. Sie erschrickt, ist aber im nächsten Augenblick enorm erleichtert: die in ihrer Abwesenheit lange Zeit so anwesende Brust ist wieder ein normaler Körperteil, der keine besondere Aufmerksamkeit benötigt, jedenfalls nicht mehr als andere Körperteile, ihr Bauch oder ihre Achseln oder ihr Po, an dem, ehrlich gesagt, auch dieses oder jenes auszusetzen wäre. Sie ist also froh, sehr froh sogar, aber unterdessen ist da Henks Blick. Es ist unschwer zu erkennen, was er denkt, so etwas wie: O Gott … Sein Ausdruck kann vieles bedeuten – Schock,

Kummer, Abscheu, Mitleid –, in Wirklichkeit läuft es aber auf Unbehagen hinaus.

»Entschuldige, ich hatte keine Ahnung, ich …«

Nein, natürlich nicht, woher hätte er das wissen sollen? Das ist ihm selbst auch klar, und deshalb bricht er mitten im Satz ab, kommt einen Schritt näher und legt ihr eine große Hand auf das, was von ihrer linken Brust übrig ist. Mia erschrickt, aber nicht wegen seiner Geste, nicht wegen seiner großen Hand, sondern weil sie abrupt daran erinnert wird, dass sie nur noch wenig Gefühl in dieser Brust hat. Die Brust fühlt sich taub an. Sie legt ihre Hand auf seine.

»Entschuldige, vielleicht hätte ich was sagen sollen.«

»Nein, spinnst du, natürlich nicht.«

»Ich hatte vor ein paar Jahren Brustkrebs.«

»Du brauchst mir nichts zu erklären, du bist mir nichts schuldig.«

»Da ist nicht mehr viel Gefühl drin, aber in der anderen schon, also ist es besser, wenn du …«

Na bitte, da strahlt er schon wieder und legt ihr gleich die Hand auf die rechte Brust, die voll ist, warm, weich, lieb, schön, anrührend, ein seltsames Etwas eigentlich, aber doch umwerfend, kurzum all das, was eine Frauenbrust sein kann.

»Viel besser …«, sagt er.

Und damit ist das Thema erledigt. Sie können sich anderen Dingen zuwenden. Sie stehen sich immer noch gegenüber und die letzten Kleider werden abgelegt und Henk hält plötzlich, zu seiner eigenen Überraschung, eine Zahnbürste in der Hand, aber im nächsten Augenblick bewegen sie sich schon in Richtung Bett, während sie sich immer weiter vorwagen. Das alles ist sehr ungeschickt und ungewohnt und aus der Zuschauerperspektive vielleicht ein bisschen peinlich, aber ihre eigene Perspektive ist längst nicht mehr die eines Zuschauers, die Lust hat definitiv die Oberhand gewonnen, und alle noch vorhandenen Hemmungen werden plattgewalzt von dem, wonach sie sich jetzt leidenschaftlich sehnen: einander.

Da ist ein großer Unterschied zwischen dem Henk, der früher am Tag auf dem Sofa lag, dem walrossartigen Henk, der zu einer weichen Masse zu zerfließen schien, und dem Henk, der jetzt mit Mia vögelt. Es ist, als sammelte sich sein ganzes Gewicht, als konzentrierte es sich in einer zusammenhängenden, effektiven Männerform, zu einem einzigen Zweck: Genuss, Spaß. Mia schließt die Augen und lässt ihn machen, denn er macht genau das, was sie will, und das, und das, und o ja, *oh dear. Lebensbejahung* ist es, die Henk seine effektive Männerform verleiht: leben wollen, vögeln wollen, genießen wollen, hier, jetzt, na bitte, aus seiner körperlichen Dinglichkeit wird ein hingebungsvoller Liebhaber.

Aus seiner *Lebensbejahung* wird *Miabejahung*. Sie hält die Augen immer noch geschlossen. Ja, das, und das, und oh. Die langen grauen Haare liegen aufgefächert auf dem olivgrünen Kissen. Jetzt kann man gut sehen, dass sie Patti Smith wirklich ähnelt, dass auch sie (breiter Mund, große Nase und dichte, buschige Brauen) relativ grobe Züge hat, die aber nur selten hart und unfreundlich werden, wie das bei Patti Smith durchaus vorkommt. Dafür ist Mia zu lieb. Dafür ist sie vielleicht auch zu sachlich. Sie ist Chemielehrerin. Es fällt ihr nicht schwer, zu erkennen, dass sie und Henk und alle anderen Dinge sind, genau genommen größtenteils Kohlenstoff, nicht zu unterscheiden vom Kohlenstoff in einem Autoreifen. Im Studium hat sie eine Geschichte von Primo Levi über Kohlenstoff gelesen. Levi beschreibt den leichtfüßigen Lebenslauf eines Kohlenstoffatoms: wie es an die Oberfläche erodierenden Kalksteins gelangt, sich davon löst, vom Wind erfasst wird, vom Wasser, wieder vom Wind, wie es durch eine Adlerlunge zieht, in einen Weinberg gerät, zum Fotosyntheseprozess beiträgt und in einer langen Kette anderer Kohlenstoffatome Teil einer Traube wird, Teil von Wein, und getrunken wird, verstoffwechselt und in Form von Glukose in der Leber eingelagert. Puh, kurze Pause. Aber dann legt der Besitzer der Lunge einen kurzen Sprint ein, um einen Brief rechtzeitig einzuwerfen, und die Glukose kommt frei und, tja, immer so weiter. Schließlich atmet der Schriftsteller das Atom ein und es gelangt über das Blut ins Hirn, wo es ein Neuron abfeuert, und genau das bringt den Schriftsteller dazu, einen Punkt zu setzen: diesen. Mia liest nicht viel, aber diese Geschichte hat sie nie vergessen, und in den kommenden Jahren wird sie sie Henk zu lesen geben, der sie natürlich fantastisch findet. Ein Ding. Kohlenstoff. Ach. Es ist eine unproblematische Einsicht, die ihrem Leben eine angenehme Leichtfüßigkeit verleiht – seht nur, mit welcher Leichtigkeit sie sich lieben lässt.

Dann, ein paar Minuten später, ist Henk abgelenkt. Etwas anderes als Mia zieht seine Aufmerksamkeit auf sich. Er verdrängt es und strengt sich umso mehr an, aber das ist nicht gerade praktisch, weil jetzt auch die Anstrengung selbst seine Aufmerksamkeit fordert. Seine Bewegungen werden nachlässiger. Mia öffnet die Augen.

»Was ist?«

»Nichts. Ich …«

Er richtet sich auf. Das Zimmer wird nur von Mondlicht beschienen, und mit ihrem bläulichen Chiaroscuro und den tiefen, dramatischen Schatten erinnert die Szene an einen Underground-Comic. Henk fährt sich mit der Hand über den Kopf, von vorne nach hinten und wieder zurück.

»Nichts … Ich weiß nicht …«

Aber dann weiß er es doch: Seine Erektion ist zu nichts zu gebrauchen. Er hat eine halbe Erektion, eine kraftlose Schwellung ohne Herzklopfen, mit der er nicht viel ausrichten kann. Er nimmt sein bestes Stück in die Hand, drückt daran herum, aber Mia unterbricht ihn.

»Warte, lass mich mal …«

Sie hat schlanke Hände und lange Finger ohne Ringe. Henk hat sich ihre Hände im Laufe des Tages schon angesehen, im Bus, um ihr Alter schätzen zu können. Da lagen sie noch in ihrem Schoß. Jetzt sieht er sie im Einsatz, ziemlich nüchtern und mit leiser Ungeduld. Er lässt sich wieder auf die Kissen sinken und sieht zu, wie Mia versucht, seinen Penis zum Leben zu erwecken. Er schämt sich. Eine Frau wie Mia hat eine einsatzbereite Erektion verdient, und dann das. Sein Penis bringt nichts zustande. Es ist der Alkohol. Es ist der Tag. Nein, es ist sein Leben, die Aneinanderreihung von Und dann, und dann, und dann, die ihn hierhergebracht hat, in dieses Bett, mit diesem zu nichts zu gebrauchenden Penis in den emsigen Händen dieser Frau. Er ist wirklich am Ende seiner Kräfte.

»Mia …«

Sie sieht auf, sucht seinen Blick und lässt seinen Penis los. Dann rückt sie näher zu ihm, küsst einen Nippel, der ihr zufällig begegnet, knabbert, leckt daran, schmiegt sich an ihn und gibt ihm einen ermutigenden Klaps auf den Bauch. Den spürt Henk schon nicht mehr. Er ist eingeschlafen, in Nullkommanichts, und der ganze Tag, das erste Aufwachen, das Herz und das Blut, die Julihitze, Schurk, Saskia, Mia, Freek, Jan, Käse (auch Käse-Dip), der Nachbar, *Ein Junge wie Kees*, die verrückte Rosa, Henks Henkhaftigkeit, Wein (auch: Sherry), Maaike (auch: Affäre mit –), Schurk, der Tierarzt, Herzversagen, Nietzsche, Erinnerungen, Geschichten, Schurks Musikalität, die George Baker Selection, Lydia (auch: Scheidung von –), Schlafen (auch: spekulatives Sinnieren über seine Todesangst), erneutes Aufwachen, Schurk, der Bus, die Jungen im Ruderboot, Mia, poetische Dinge … Der ganze Tag also, ist, bums, schlagartig weg.

Henk träumt. In wenigen Minuten wird er aufwachen und sich an den Traum erinnern. In dem Traum führt er ein Gespräch. Er hat keine Ahnung, mit wem er spricht. Möglicherweise mit einem unbekannten Teil seiner selbst, einem Hirnlappen, der jetzt erst, mit sechsundfünfzig Jahren, anfängt, sich einzumischen wie ein neuer Abgeordneter, jedenfalls verläuft das Gespräch ungefähr wie folgt.

– Woran denkst du, Henk?
– An Mia.
– Ein bisschen genauer, bitte.
– Ich denke an ihre Augen. An ihre Farbe. Ich weiß nicht, welche Farbe ihre Augen haben.
– Schau doch nach, sie ist in der Küche, glaub ich.
– Ja, sie macht ein Curry, aber darum gehts nicht. Ich will nicht nachschauen müssen, ich will wissen, welche Farbe ihre Augen haben. Das ist doch seltsam, dass ich das nicht weiß?
– Warum denn?
– Ich habe ihr doch so oft in die Augen geschaut!
– Du sagst es selbst: du hast ihr *in* die Augen geschaut, sie dir aber nicht *an*geschaut.
– Das ist Wortklauberei. Einfach bescheuert, dass ich das nicht weiß. Es zeigt, wie gleichgültig ich bin. Unaufmerksam. Als ob ich mich nicht wirklich für sie interessiere.
– Und deswegen hast du Schuldgefühle?
– Ja. Also nein. Ich meine, Schuld, das ist so ein blödes Wort, wenn man mal drüber nachdenkt. Ich bin eher traurig, dass sogar Mia mir so leicht entgleitet.

– Ach, da ist es ja wieder, dein Lieblingsthema: das Leben, das dir so leicht durch die Finger rinnt.
– Ja, vielleicht. Tut mir leid. Das beschäftigt mich eben. Findest du, ich steigere mich da in was rein?
– Von mir aus kannst du dich reinsteigern, so viel du willst. Aber hör mal, es ist noch nicht zu spät. Ihr esst gleich zusammen, das Curry, und dann kannst du auf ihre Augen achten. Und richtig hinschauen.
– Ja …
– Richtig hinschauen, damit dir das Leben nicht durch die Finger rinnt.
– Ja …
– Was ist?
– Eigentlich mag ich gar kein Curry.

In diesem Moment wacht er auf, zum vierten Mal innerhalb von vierundzwanzig Stunden, und diesmal präsentiert sich sein Bewusstsein als leerer, spärlich beleuchteter Raum, wie eine Klosterzelle: Henk ist hellwach, denkt und fühlt aber nichts Bestimmtes. Der Traum dringt mit erheblicher Verzögerung zu ihm durch, seltsamerweise erst der Geruch von Curry, dann der Klang der anderen Stimme und die Frage nach Mias Augenfarbe. Die fällt ihm sofort ein: grün natürlich!

Er dreht den Kopf. Mia ist eingeschlafen. Sie hat sich von ihm abgewendet und liegt auf der Seite, mit dem Rücken zu ihm. Vielleicht träumt sie. Vielleicht erzählt sie ihm morgen früh bei einem Katerfrühstück von ihrem Traum. Vielleicht machen sie nach dem Frühstück einen Spaziergang mit Schurk. Vielleicht vögeln sie nach dem

Spaziergang doch noch miteinander. Vielleicht entsteht eine Beziehung. Vielleicht werden sie zusammen glücklich.

Die Klosterzelle seines Bewusstseins füllt sich langsam, zuerst mit Gedanken, Bildern und Erinnerungen, die nur mühsam Gestalt annehmen, wie die Erinnerung an einen Seitenstreifen, grün, irgendwo am Straßenrand, womöglich irgendwo im Ausland. Nach und nach klären sich seine Gedanken, auch wenn sie vergleichsweise einfach bleiben, passend zu einer Klosterzelle. Witzig, denkt er beispielsweise, eigentlich mag ich Curry sehr. Aber dann füllt sich die Klosterzelle auf einmal mit etwas ganz anderem, etwas, was den ganzen Raum einnimmt und alle Aufmerksamkeit auf sich zieht, ein Pandämonium aus Violett, Grün und Gelb, *Übelkeit,* er steht auf, geht die Treppe hinunter, hastet durchs Wohnzimmer zum Klo und übergibt sich.

Der verdammte Alkohol, denkt er über die Kloschüssel gebeugt, und die blöden Käsewürfel, die er offensichtlich unzerkaut geschluckt hat. Er übergibt sich ein weiteres Mal, rollt sich dann keuchend auf den Rücken, auf dem Badezimmerboden, was ihm eine ungewöhnliche Perspektive beschert – an der Duschwand vorbei auf die feuchtfleckige Decke. Ungewöhnlich, aber beruhigend: Das Schlimmste ist überstanden, die Erholung hat eingesetzt. Es dauert ein paar Minuten, bis er in der Lage ist, in Bewegung, in die Senkrechte, auf die eigenen Beine zu kommen, sich das Gesicht zu waschen, Mund und Zähne zu putzen und zurück ins Wohnzimmer zu gehen, in die Küche, denn, so ist ihm auf dem Badezimmerboden klar geworden, jetzt würde ihm ein großes Glas kalter Buttermilch guttun. Beim Trinken (im Stehen neben dem

Kühlschrank) hört er ein unangenehmes Schnarren. Er weiß sofort: Das ist Schurk, der wieder an Kurzatmigkeit leidet. Der Hund liegt unter der Treppe, den Kopf auf den ausgestreckten Vorderbeinen.

»Was machst du denn für Sachen, Schurk …«

Mühsam hebt er ihn hoch und trägt ihn zum Sofa, wo er es sich mit dem Hund auf dem Schoß bequem macht.

»So, schon besser.«

Schurk lässt alles über sich ergehen, als hätte er nichts damit zu tun – nichts mit diesem kurzatmigen Hund, seinen bebenden Flanken, dem Hecheln und der schlaffen Zunge; die gehören zu einem anderen Hund, nicht mir, nicht Schurk, der dreht gerade eine Runde um den Block. Auf Henks Schoß liegt wieder der Fremde: ein Nicht-Schurk. Henk fragt sich, wann er ihm das nächste Mal seine Medizin geben kann, aber er hat jedes Zeitgefühl verloren. Das Mondlicht gibt ihm keinen Halt. Wie dem auch sei, die Nacht liegt vor ihm, leer, wie eine Ebene, die er mit Schurk durchqueren muss. Henk akzeptiert diesen Gang ohne Protest. Er sitzt ohne Nervosität auf dem Sofa, ohne Fluchtreflex, ohne das übliche Gedankenkarussell, und streicht seinem Hund über den Kopf, hinter den Ohren entlang und über den Rücken. Das zeigt innerhalb kürzester Zeit Wirkung. Schurks Atmung geht ruhiger. In ein paar Stunden wird er seine Medizin bekommen und Gassi gehen wollen. In den kommenden Tagen ist er dann richtig auf die Medikamente eingestellt und sind die Beschwerden weitgehend verschwunden, auch wenn ein gelegentlicher Anfall von Kurzatmigkeit unvermeidlich ist. Das geht dann eine Weile gut, und Henk wird es manchmal schwerfallen, wirklich zu begreifen, was im Herzmuskel des Hundes vor sich geht. Dann, in ein paar Monaten, nehmen die Beschwerden wieder zu, werden tückischer, bis alles plötzlich ganz schnell geht. Schurk leidet. Henk leidet. Lydia, weit weg, in einem schwarzen Angorapulli in Tränen aufgelöst, leidet. Am 17. November wird Schurks Leiden dann ein Ende haben. Henk lässt ihn, nachmittags gegen drei Uhr, vom selben Tierarzt einschläfern, der die Herzschwäche diagnostiziert hat. Leise wird Henk dem sterbenden Hund Mut zusprechen. Geh nur, lieber Schurk, geh ruhig, es ist alles in Ordnung. Danach wird er den toten Hund auf den Arm nehmen und hemmungslos heulen. Nicht weinen, sondern heulen. Und beim Heulen denken, wie gut es ist, dass er allein ist, ohne Mia oder Rosa oder Lydia, weil sein derart unbeherrschter Kummer Schaden anrichten könnte. Nur der Tierarzt ist Zeuge, und der kennt das. Während Henk heult und das Gesicht in Schurks Fell vergräbt und ein letztes Mal seine lange Schnauze streichelt und seine Ohren durch die Finger gleiten lässt, bleibt der Arzt neben dem Tisch stehen, kerzengerade. Wenn Henk sich beruhigt und aufblickt, wird er den Arzt bemerken und sich an dessen verstorbenen Sohn erinnern. Einen Moment lang wird er den Drang verspüren, den Arzt zu umarmen. Das tut er natürlich nicht. Er wird Schurk schließlich wieder auf den Tisch legen und sich die Augen und das Gesicht mit einem Taschentuch abwischen und sich die Nase putzen. Dann wird er dem Tierarzt die Hand geben, förmlich, und nicken, und das Gesicht noch einmal in das unwiderstehliche Hundefell vergraben, und noch einmal, und noch ein allerletztes Mal, sich dann abrupt umdrehen und fortgehen, nach draußen, in dieses Ungetüm von Welt.

Aber das ist Zukunftsmusik. Erst einmal ist es ein Samstag, ach, nein, ein Sonntag im Juli, und es ist Zeit, Bilanz zu ziehen. Was genau ist auf dem Sofa zu sehen? Wir sehen Henk und Schurk. Wie lässt sich ihr Tag am besten beschreiben? Vielleicht als eine Art Katharsis, eine reinigende Erfahrung, die …, nein, Moment mal, lassen wir das, reden wir nicht über Balance, ein unsinniges Konzept, es geht um Zeit, die vergeht, mehr nicht, so einfach ist das. Stellen wir schlicht fest, dass sich das Wochenende langsam dem Ende zuneigt. Lasst uns also noch einmal schauen – richtig hinschauen, natürlich –, und es dann dabei belassen.

Wir sehen Henk und Schurk. Henk ist ruhig und gefasst, aber der vergangene Tag hallt natürlich in seinem Kopf nach. Vielleicht denkt er an Rosa, an Freek, an Jan oder, wer weiß, an die Töpferin. Vielleicht versucht er in Worte zu fassen, was ihm in den letzten vierundzwanzig Stunden widerfahren ist. Nichts. Alles. Sein Leben. Und wir dürfen annehmen, dass er an Mia denkt, die ein Stockwerk weiter oben friedlich schläft. Mia, wird er denken. Mia, Mia, Mia, Mia, Mia, Mia, Mia, Mia, Mia. Mia.

Über Henk und Mia lässt sich Folgendes festhalten. Henk wird viele Male in Mia eindringen. Und zwar in einer überraschenden Bandbreite von Stellungen, anfangs auf Mias Wunsch hin, später aus dem eigenen Verlangen nach erotischem Abenteuer heraus – eine späte, aber angenehme Entdeckung. Das wird bei beiden Beteiligten fast immer zu einem oder mehreren Höhepunkten führen, regelmäßig mehr oder weniger gleichzeitig. Im Großen und Ganzen sind sie glücklich, nicht nur des Sex wegen und auch nicht, weil sie klug genug sind, nicht zusammenzuziehen, sondern vor allem, weil sie sich wirklich gernhaben. Natürlich wird sich das Leben von Zeit zu Zeit mit den üblichen Rückschlägen, Ungereimtheiten, schlechtem Timing und endlosen Wiederholungen als gleichgültiger Despot aufspielen. Sicher werden sie von Zeit zu Zeit zu kämpfen haben, und es wird sich zeigen, wie lange sie zusammenbleiben, aber, ach, was macht das schon – jeder noch so kleine Glücksmoment ist großartig.

Im Mondlicht wandert langsam ein Muster von blassen Formen durch den Raum und über den Holzboden, den Esstisch, eine Zeichnung der fünfjährigen Rosa (*Mann mit grüner Brille in einem Boot und lieber Bär),* eine Vase aus blauem Glas, einen Bücherstapel, eine Zeitung, eine rote Socke, ein angeknabbertes Schweineohr ... Das Muster wandert über das Sofa und über Henk und Schurk, mit äußerster Sorgfalt, wie die Hand eines Engels: Ihr könnt ganz beruhigt sein, ich wache über euch. Schurk schläft ein. Auch Henk wird allmählich vom Schlaf umzingelt, aber vorerst hat sein Bewusstsein ihn noch im Griff. Irgendwann legt er sich hin, macht es sich bequem. Das ist angenehm. Von der Bewegung, die er dabei macht, wird Schurk kurz wach, seufzt sichtlich zufrieden und schläft dann weiter. Henk streicht ihm über den Kopf, während seine Gedanken ihre Runden drehen und er ihnen langsam hinterhertrottet.

Nach einiger Zeit – er hätte wirklich nicht sagen können, wie viel – hört er Schritte auf der Treppe, vorsichtige

Schritte wie von einem Kind, das am Geburtstagsmorgen die Treppe hinuntergeht, getrieben von unbändiger Neugier auf die Geschenke, die schon auf dem Tisch liegen, und auf den geschmückten Geburtstagsstuhl und die Girlanden. Aber es ist kein Kind, es ist Mia, die nicht vorsichtig, sondern erstaunlich schwerelos geht, als schwebte sie. Sie ist nackt. Henk fühlt, wie ihm das Herz aufgeht, und das ist nach einem solchen Tag riskant. Die geringste Geste Mias – ein Lächeln, das Zurückstreichen einer Haarsträhne, das Hochziehen einer buschigen Augenbraue – und er wäre verloren. Doch sie bemerkt ihn gar nicht. Sie geht quer durchs Wohnzimmer in Richtung Eingang, nach wie vor mit diesem schwerelosen Gang. Kurz darauf hört Henk die Klospülung. Als sie zurückkommt, bleibt sie kurz in der Tür stehen, aber gerade, als er etwas sagen will, geht sie weiter, bemerkt ihn noch immer nicht, unfassbar schwerelos mit ihren langen Füßen, zur Treppe, die Treppe hoch, und weg ist sie.

Ach Mia, denkt Henk. Ach Mia, Mia, Mia, Mia, Mia, Mia Mia Mia Mia Mia Mia Mia Mia MiaMia MiaMia-Mia …

Die Zeit verstreicht, das Leben verstreicht. Der Schlaf schleicht sich an. Schurk seufzt. Henk sieht, wie das Hundeherz in der Hundebrust schlägt. Er legt eine Hand auf seine Männerbrust und spürt, wie sein Männerherz pumpt. Er stellt fest, dass sein Blut fließt und seine Organe mit Sauerstoff versorgt und dass mitten in diesem Prozess die Lebensfreude zu fließen beginnt. Und das ist, wie ihm klar wird, während ihm die Augen endlich zufallen, während im Osten wieder die Sonne aufgeht, während die

Erde nicht müde wird, ihre Wärme an eine trotz allem kalte Welt abzugeben, während –

Und das ist, wie ihm klar wird, wirklich das Vernünftigste, was sich darüber sagen lässt.

# Quellen

Die Zitate auf Seite 14 (»Grandeur«) und 29 (»most beautiful and most wonderful«) stammen aus Charles Darwins »Origin of Species«. Das Zitat auf Seite 13 (»Staub und Zeit«) ist dem Gedicht »El Tango« von Jorge Luis Borges entnommen. Auf Seite 88 (»das nasse Grab der Geburt«) verweise ich auf einen Vers aus »Intensive Care« von Menno Wigman. Auf Seite 139 (»Liebe, oder keine Liebe, Älterwerden, und dann der Tod«) zitiere ich aus Gerard Reves Gedicht »Der Künstler«.

Die Verse von Fernando Pessoa auf Seite 132 stammen aus »Wenn der Frühling kommt«. Sollte sich jemand hin und wieder, wie ich, nach einem gottlosen Gebet sehnen, lege ich ihm die Lektüre des ganzen Gedichts ans Herz.

Fernando Pessoa / Alberto Caeiro, *Poesia – Poesie.* Übertragen von Inés Koebel und Georg Rudolf Lind. S. Fischer Verlag, Frankfurt, 2004.

Theo Thijssen, *Ein Junge wie Kees.* Übertragen von Rolf Erdorf. Wallstein Verlag, Göttingen, 2019.

Für nähere Informationen siehe auch www.sanderkollard.nl.

Die Originalausgabe erschien 2019 unter dem Titel *Uit het leven van een hond* bei Uitgeverij Van Oorschot, Amsterdam.

Der Verlag dankt der Niederländischen Literaturstiftung für die Förderung der Übersetzung.

Nederlands letterenfonds
dutch foundation
for literature

ISBN 978-3-98568-106-8

1. Auflage 2024

Umschlaggestaltung: Ingo Neumann / boldfish.de
Illustration Tulpen aus: The Pepin Press, »Graphic Ornaments«, © 2001 Pepin van Roojen / Illustration Hund aus: The Pepin Press, »Großer Bildvorlagenatlas 5.000 Tiere«, © 2001 Pepin van Rooje
Herstellung: Daniel Klotz / Die Lettertypen
Satz: Marco Stölk
Druck und Bindung: Pustet, Regensburg
Printed in Germany

www.kanon-verlag.de